MW01045864

Ski, Blanche et avalanche

Pierre-Luc Bélanger

Ski, Blanche et avalanche

ROMAN

David

Catalogage avant publication de Bibliothèque et Archives Canada

Bélanger, Pierre-Luc, 1983-, auteur
   Ski, Blanche et avalanche : roman / Pierre-Luc Bélanger.

(14/18)
Publié en formats imprimé (s) et électronique (s).
ISBN 978-2-89597-529-8. – ISBN 978-2-89597-524-3 (pdf). –
ISBN 978-2-89597-525-0 (epub)

   I. Titre. II. Collection : 14/18

PS8603.E42984S54 2015   jC843'.6   C2015-905774-4
                                       C2015-905775-2

Les Éditions David remercient le Conseil des arts du Canada,
le Bureau des arts franco-ontariens du Conseil des arts de l'Ontario,
la Ville d'Ottawa et le gouvernement du Canada par l'entremise
du Fonds du livre du Canada.

Les Éditions David
335-B, rue Cumberland, Ottawa (Ontario) K1N 7J3
Téléphone : 613-830-3336 | Télécopieur : 613-830-2819
info@editionsdavid.com | www.editionsdavid.com

À ma grande amie, Sonya Mazerolle,
une histoire de mauvais garçon...

CHAPITRE 1

La petite peste

Depuis le début du secondaire, j'accumule les mauvais coups : batailles, cours séchés, vol à l'étalage, joutes de poker illégales, consommation d'alcool, et la liste se poursuit. Toutefois, mes véritables ennuis ne débutent que le 1er octobre 2010.

Chuyên, mon meilleur ami, et moi découvrons une petite salle d'entreposage juste à côté du vestiaire des femmes, à la piscine du centre communautaire de notre quartier, à Ottawa. Inspirés par cette découverte, nous passons à l'action. Il faut absolument explorer ce local. Pendant que Chuyên fait le guet, je m'agenouille devant la porte, armé d'un crochet et d'une clé de frappe. En quelques secondes, je fais tourner le pêne dormant de la serrure. Disons que ce n'est pas le premier verrou que je crochète... Vifs comme l'éclair, nous nous glissons dans l'entrepôt. Une fois à l'intérieur, nous repérons l'interrupteur et inondons de lumière la pièce sans fenêtre. Puis, nous tournons le bouton de la serrure, question de ne pas être surpris.

Nous déduisons de notre brève observation des lieux que, pour espionner les femmes qui se changent dans le vestiaire, il faudrait une petite ouverture dans le mur mitoyen. Le spectacle serait bien plus excitant que ce que l'on trouve sur Internet pour se rincer l'œil... Le temps passe rapidement. Nous réussissons à percer un petit trou avec un couteau et beaucoup de patience, dans le mur fabriqué de panneaux de gypse et non de blocs de ciment, heureusement. Chuyên est le premier à pouvoir épier les femmes.

– La salle est vide! s'écrie-t-il.

– Chut! Pas trop fort. Veux-tu qu'on nous attrape?

– Non... non, Cédric. Mais après tout ce travail... c'est décevant!

– Je le sais.

De retour à la maison ce soir-là, j'ai une idée du tonnerre. Comme il nous est impossible de faire le guet en tout temps, il nous suffira d'installer une caméra web derrière le trou dans le mur et d'envoyer la vidéo à mon ordi et à celui de Chuyên. De cette façon, on pourra jouer aux voyeurs sans se déplacer! En deux temps, trois mouvements, je m'installe devant mon ordinateur et je clavarde avec mon camarade. Chuyên porte bien son prénom, l'expert, en vietnamien. Il me confirme que mon plan fonctionnera. De plus, il a déjà la caméra, nul besoin d'en acheter une.

Nous mettons notre plan à exécution dès le lendemain. Malheureusement, nous tombons sur la classe d'aquaforme du jeudi avant-midi. Le choc est brutal! Les corps nus offerts à nos regards n'ont rien en commun avec ceux des top-modèles de nos rêves. L'expérience s'arrête là, car le père de Chuyên surprend son fils à visionner notre vidéo clandestine. En bon ami, Chuyên reçoit tout le blâme, sans me trahir. Il est privé de sorties et d'ordinateur. De plus, son père l'oblige à faire du bénévolat au foyer de personnes âgées où lui-même travaille, tous les jours après l'école pendant deux semaines.

Ces quinze jours me semblent interminables. Cependant, ma solitude temporaire me permet de fréquenter Jasmine pour une nuit et de m'amuser en commettant d'autres bêtises. Au lieu de regarder des films d'horreur avec Chuyên un samedi soir, je me pointe à une fête organisée par une gang de *poteux* de l'école. La soirée se termine de façon plutôt intéressante… du moins jusqu'à ce que je perde le contrôle de la Volvo de mon père et que j'embrasse un lampadaire, à trois heures du matin. Mes parents ne sont pas hop la vie quand ils viennent me rejoindre à l'hôpital Montfort. La voiture empruntée sans permission est démolie et, selon le policier qui est de garde près de mon lit à l'urgence, j'ai un haut taux d'alcoolémie inadmissible pour un mineur. Il soupçonne que j'ai consommé de la marijuana. Disons qu'à 17 ans, je ne fais pas trop bonne figure, surtout que j'ai perdu des dents, que j'ai le nez cassé et le visage encore maculé de sang séché !

La punition de Chuyên s'achève, mais nous ne sommes pas libres pour autant. Ma mésaventure au volant de la voiture sino-suédoise me coûte cher, dans tous les sens du terme. D'un côté, je dois rembourser la caution qu'ont versée mes parents afin que je ne sois pas gardé en prison. De l'autre, ils me grondent, me forcent à nettoyer la maison de fond en comble et ils m'enlèvent mon téléphone cellulaire ! Du moins c'est ce qu'ils pensent, car ils ne savent pas que je garde un vieux téléphone à portée de la main... Peu après, tous mes enseignants convoquent mes parents à des rencontres de dernier recours, car je les inquiète. Mon père et ma mère me disputent à nouveau, menacent de couper Internet, me privent de sortie et m'embauchent une tutrice... même pas jolie ! Non mais, pour la motivation... il faudra repasser !

Mes parents sont à bout. Ils se demandent pourquoi je suis un adolescent à problèmes. J'ai la santé, des parents unis, une belle maison... bref, tout pour être heureux. Ils ne comprennent pas que je désire vivre intensément, un point c'est tout ! Je n'ai jamais aimé les limites. J'ai toujours idolâtré les voyous au lieu des super héros. À bas Superman, vive Al Capone ! Un, lui ne porte pas de collants, et deux, il sait s'amuser !

Au mois de novembre, ma fugue de trois semaines fait déborder le vase. Un policier patrouille dans la basse-ville et me retrouve à moitié mort sur un banc du parc Major. Je ne me souviens pas trop de ce qui m'a fait prendre le large. L'alcool et les drogues embrouillent ma mémoire. Quand ça vient au « pourquoi ? » et au « comment ? », je n'ai aucune réponse. D'ailleurs, il y a plusieurs souvenirs que j'aime mieux oublier...

À cause de ce manque de jugement de ma part, je me retrouve, le 1er décembre, à l'aéroport Macdonald-Cartier avec une carte d'embarquement sur un vol matinal en direction de Vancouver.

CHAPITRE 2

Grand-papa

Voilà, mes parents m'envoient en exil en Colombie-Britannique, en espérant que mon grand-père paternel me mettra un peu de plomb dans la tête. Je ne le connais pas tellement. Quand ma grand-mère est décédée, peu avant ma naissance, il a cessé de venir dans la capitale nationale, prétextant qu'il était débordé de travail et que prendre des vacances serait de la folie. Il nous parlait souvent au téléphone et il m'envoyait toujours des cartes d'anniversaire et de Noël, avec un dix dollars à l'intérieur, mais je ne me souviens pas de l'avoir vu. Je pense qu'il a eu une chicane avec mon père, dont personne ne m'a parlé vraiment. Je me demande bien comment ça sera de vivre avec un vieux...

Le vol s'avère plutôt long. Je tente bien d'obtenir un petit cocktail ou deux, mais les agents de bord refusent de me servir. Il faut croire qu'ils ont davantage l'œil pour les fausses cartes d'identité, que les fiers-à-bras qui contrôlent le flux de clients dans les boîtes de nuit. Le manque de films potables et la bonne femme assise à mes côtés viennent empirer le trajet entre Ottawa et Vancouver. Ma voisine rouspète sans arrêt : les billets d'avion sont devenus tellement chers, le service est inexistant, servir des arachides témoigne d'un énorme manque de respect envers ceux qui ont des allergies alimentaires, etc. Bref, elle se plaint de tout et elle me demande constamment mon avis.

– Le jeune, qu'est-ce que t'en penses ?

– J'sais pas...

Feindre le sommeil, écouter de la musique, aller aux toilettes... rien ne fonctionne. En fait, je me demande si mes parents n'ont pas embauché cette dame pour agir en tant que chaperon et, plus probablement, en tant que bourreau.

Une fois à destination, je me débarrasse avec joie de cette emmerdeuse. En sortant de l'avion, je suis les autres passagers vers le carrousel des bagages. Là, je reconnais mon grand-père, d'après la photo encadrée dans notre salle familiale. L'homme imposant, aux cheveux plutôt sel que poivre, se tient droit comme un piquet. Il porte un horrible chandail sur lequel est imprimé le dessin d'un loup hurlant à la lune. « Ouache, c'est tellement quétaine ! J'ai honte d'être vu avec lui. Il manquerait juste que quelqu'un mette une photo de nous deux sur Facebook... un vrai suicide social », me dis-je. Mon grand-père ressemble comme deux gouttes d'eau à mon père, en plus vieux, naturellement. Il a des rides autour des yeux et une barbe de deux jours. L'homme me fait un petit signe, puis il me montre le carrousel qui se met en branle. Je patiente quelques minutes avant de prendre mes deux valises, mon sac de bottes ainsi que mon sac de skis.

— Bon, ramasse tes cliques et tes claques, ma camionnette est dans le stationnement numéro deux.

— OK, pouvez-vous m'aider ?

— Non, est-ce que j'ai d'l'air d'un porteur ? Occupe-toi d'tes bagages.

— Ben là, j'peux pas porter tout ça tout seul...

— Débrouille-toi, je t'attends dans le deuxième stationnement, section F15.

Disons que notre première rencontre manque de chaleur. Le vieux maudit ne veut même pas prendre une de mes valises ! J'effectue deux voyages, puis je m'éreinte quasiment en hissant le tout dans la boîte de la vieille camionnette Dodge de grand-papa Euclide Poitras.

— As-tu faim ?

— Oui, il n'y avait rien de mangeable dans l'avion.

— OK, on va arrêter se prendre un sandwich, après ça, on file. On en a pour presque trois heures.

Rassasiés, nous continuons vers le mont Renard. Mon père m'a souvent parlé de ce centre de ski. En effet, mes grands-parents en ont hérité des parents de ma défunte grand-mère. Pendant de nombreuses années, des employés l'ont géré jusqu'à ce qu'Euclide prenne sa retraite de la Gendarmerie royale du Canada. Depuis, grand-papa se dévoue entièrement à son entreprise. Il a été un peu déçu que son fils unique, parti étudier et travailler en Ontario, ne veuille pas revenir pour l'aider. Toutefois, il n'en fait plus de cas.

Les deux heures et 40 minutes du trajet se déroulent dans un inconfortable silence. Je ne sais pas quoi dire et mon aïeul ne semble pas souhaiter causer avec moi. Je trouve qu'avec les adultes, en matière de conversation, c'est tout ou rien.

Enfin, j'aperçois une grosse pancarte faite en planches de bois. Le soleil du début d'avant-midi fait ressortir l'écriture du panneau. Sous les mots *Mont Renard* peints en orange, une grosse flèche verte pointe vers la gauche. Grand-papa Poitras engage la camionnette dans la direction indiquée. Trois minutes plus tard, nous arrivons devant deux chalets en rondins. Le plus petit, à ma gauche, a deux étages tandis que l'autre, à ma droite, n'en a qu'un seul, mais il est énorme. Derrière ces bâtiments s'élève la montagne. « Wow, c'est à lui tout ça ! », me dis-je.

— Bon, prends tes choses et suis moi, je vais te montrer ta chambre.

Ce coup-là, je ne perds pas une seule goutte de salive à demander de l'aide. J'empoigne une valise et je saisis mon sac de bottes. Je reviendrai chercher le reste. Nous nous dirigeons vers le chalet situé à notre gauche.

— Au rez-de-chaussée, il y a la billetterie, l'infirmerie, mon bureau ainsi que le centre de location et d'entretien d'équipement. Nous habitons à l'étage. À côté, t'as le chalet principal, qu'on appelle La Tanière. C'est là que tu trouveras le vestiaire, le bar et la cafétéria. Compris ?

— Oui, oui.

Le vieil homme fouille dans ses poches, en extirpe un porte-clés, en retire une de l'anneau et me la tend. Il m'explique qu'elle déverrouille la porte menant à notre habitation, accessible par l'escalier au fond du bureau ainsi que par une porte sur le côté. Au bout de quelques minutes, tous mes bagages se retrouvent en haut, dans le minuscule vestibule. Mon grand-père me fait faire le tour de mon nouveau chez-moi. Cuisine, salon et deux chambres dotées chacune de sa salle de bain. Disons que je ne me perdrai pas. C'est propre, mais tout est tellement vieux ! Je pensais que les appareils électroménagers de couleur avocat n'existaient que dans les films des années 1970 ! Avant de me laisser dépaqueter, Euclide me demande de téléphoner à mes parents pour leur dire que je suis arrivé. Un tel geste est loin dans ma liste de priorités. Je ne dis rien, bien décidé à passer outre. Mes parents peuvent bien pâtir après m'avoir fait le sale coup de m'expédier au milieu de nulle part !

Au moins, j'ai une pièce à moi. Mes yeux brillent en découvrant l'ordinateur qui trône sur le petit pupitre devant mon lit. Je n'ai pas le temps de me réjouir, mon grand-père m'annonce que je ne suis pas ici en vacances. Il s'attend à ce que je poursuive mes études et que j'obtienne mon diplôme du secondaire. Pour ce faire, il a fait installer Internet. Étant donné que l'école secondaire la plus près est à plus d'une heure de route, je suivrai mes cours en ligne, sous sa tutelle, ajoute-t-il. « Bah, il me reste qu'un semestre et demi », me dis-je. La prochaine annonce concerne mon emploi. En effet, grand-papa Poitras exige que je travaille afin de payer ma chambre et ma pension. Je ricane en moi-même : « Bravo, bel esprit d'entraide dans la famille ! »

— Tu vois Cédric, il n'y a rien de gratuit dans la vie. Déjà là, tu dois 700 dollars à tes parents pour ton billet d'avion. De plus, ça m'a coûté 75 dollars d'essence, 12 dollars de stationnement et huit dollars pour ton repas en chemin...

— OK, c'est beau, je comprends. Tout coûte cher. Faut que je travaille pour rembourser tout ça. Tant que vous ne me chargez pas pour la Volvo de mon père.

— Disons qu'au salaire minimum, ça te prendrait pas mal de temps pour amasser 50 000 dollars.

— Quoi ? Au salaire minimum !

— Bien oui, tous mes employés commencent comme ça. Puis, pour chaque année de service de qualité, ils reçoivent une augmentation de 25 sous par heure.

— C'est injuste... c'est de l'esclavage !

— Cesse de parler à tort et à travers.

La discussion est close. Il est évident que je ne gagnerai pas sur ce point. J'estime qu'il me faudra travailler au moins 100 heures pour amasser les 795 dollars que je dois. En ce qui concerne la voiture, les assurances en ont payé une nouvelle. « Bon, j'vais pouvoir rembourser en un mois. Il me restera qu'à payer ma pension. J'm'en fais pour rien. »

*   *
*

Tôt le lendemain matin, Euclide entre brusquement dans ma chambre.

— Envoye le jeune, réveille ! Faut que t'aies déjeuné et que tu sois habillé dans 20 minutes. Je t'attends en bas, dans la salle d'équipements.

Un regard furtif au cadran sur la table de chevet m'informe qu'il est 5 h 10. Je me souviens de m'être couché à cette heure-là souvent après des fêtes, mais me lever aussi tôt, c'est du jamais vu ! Prestement, j'enfile des vêtements et je passe à la

Ski, Blanche et avalanche

cuisine avaler une brioche. Nonchalamment, je descends rejoindre mon grand-père dans la salle de location. La pièce est vaste, j'y vois des supports à ski et des étagères sur tous les murs. Une vingtaine de personnes se tiennent debout en demi-cercle, devant le patron. Il y a surtout des adultes, mais aussi une poignée d'adolescents comme moi. Je les observe, me demandant bien avec lesquels je serai susceptible de m'entendre.

— Bon, la saison de ski commence dans deux semaines. Il reste beaucoup de travail à faire. Ah, je vois que mon petit-fils consent à se joindre à nous, avec dix minutes de retard... En tout cas, voici Cédric, tout le monde. Pas de traitement préférentiel, compris ?

Une multitude de « oui » se fait entendre.

— OK, Cédric, je vais te présenter quelques personnes-clés, car tu travailleras avec elles au besoin. Voici Tantine Jé, qui s'occupe de la cuisine, dit mon grand-père en me montrant une imposante femme noire, les cheveux tressés et le sourire accueillant. Il y a aussi Stanislav Mieszko, mon bras droit, responsable de l'entretien des pistes, fait-il en me désignant un homme grand aux cheveux courts et au regard perçant.

Ensuite, je te présente Jimmy, coordonnateur de tout ce qui a rapport aux remonte-pentes, ainsi que son adjointe, Bianca. Cette fois, c'est un jeune homme affligé d'un sérieux problème d'acné qui me salue gauchement, et une brunette plutôt ordinaire qui me fait un clin d'œil. Ah oui, Cédric ! J'oubliais Wesley, chargé de l'équipement de ski et de planche, ajoute-t-il. Le gars a de longs cheveux foncés et une barbichette de bouc. Il me fait signe de la main.

Enfin, voici Leah, qui dirige les premiers soins. Je ne te souhaite pas d'avoir affaire à elle, mais c'est une personne indispensable si tu as besoin de secours, dit-il en me désignant une femme musclée au sourire aussi large que ses épaules.

Maintenant qu'Euclide a terminé les présentations, il enchaîne :

— L'équipe de patrouille, vous allez vous assurer de la sécurité de toutes les pistes. L'école de ski, la location et la billetterie, préparez les horaires, vérifiez la signalisation et inspectez l'équipement. Les mécaniciens, il faut que nos remonte-pentes soient comme neufs. La gang de l'entretien et des cuisines, placez les commandes chez les fournisseurs. Et faut que ça brille !

Tel un général d'armée, Euclide Poitras dicte toutes les tâches que l'on doit accomplir. Il ne lui reste qu'à m'assigner une besogne. Pendant que les autres employés rompent le demi-cercle, grand-papa me fait signe de le suivre dehors.

— Cédric, voici ta collègue la plus importante, dit-il en me montrant la montagne. À part moi, c'est elle qui prend des décisions, avec mademoiselle Météo bien entendu. J'espère que tu vas découvrir tous les versants et toutes les pistes balisées, ainsi que certaines sections plus dangereuses... Nous avons un territoire qui s'étend sur plus de 6 000 acres, dont près des deux tiers sont vierges. Le mont Renard, haut de ses 2 000 mètres, représente non seulement ma fierté, mais aussi celle de mes employés et de nos invités. Les gens ne viennent pas ici pour des remonte-pentes dernier cri, comme tu peux le voir, ajoute-t-il en désignant des télésièges[1] en lattes de bois et des tire-fesses[2] que je soupçonne d'être plus vieux que lui. Non, les merveilles de ce centre de ski, c'est la neige, c'est le dénivelé de 1 600 mètres, ce sont nos 60 pistes, des vertes aux doubles noires, qui permettent à des familles entières de s'amuser ensemble en toute sécurité et aux meilleurs de repousser leurs limites. La montagne est rusée, comme son animal emblématique. Il faut se débarrasser de la crainte et l'apprivoiser afin de pouvoir la flatter. Crois-moi, ta grand-mère et moi l'avons mise à notre main.

Il me guide derrière le comptoir de location d'équipement. Là, il déniche quelques guenilles, un seau, un nettoyant multi-usage ainsi qu'un vaporisateur pour neutraliser les odeurs. Il m'explique que ma première tâche est de nettoyer toutes les bottes de ski. Si j'en trouve dont les boucles sont défectueuses, je dois les apporter à Wesley, qui affûte les skis dans le fond de la salle. Il s'occupera de les réparer.

— Quand t'auras terminé les bottes, tu passeras aux bâtons, puis aux skis. Cet après-midi, tu t'occuperas des planches à neige.

Il doit y avoir au moins 300 paires de bottes ! Ça va me prendre une éternité pour astiquer tout ça… À midi, j'ai l'épaule droite en feu. Je doute fortement de pouvoir continuer à travailler. Malheureusement, on ne me laisse pas me reposer.

---

1. Un remonte-pente composé de bancs qui sont suspendus à un câble et un système de poulies qui permettent de gravir une montagne.

2. Un remonte-pente où les skieurs doivent agripper un poteau en forme de T inversé. Celui-ci est attaché au câble par une sorte d'élastique. Les skieurs gardent les skis au sol en tout temps.

Grand-père m'empoigne par le bras droit et me traîne jusqu'aux bottes de planches à neige, qui doivent être brossées et vaporisées afin d'éliminer les odeurs. Il est évident que ce n'est pas le temps de paresser. Après cette longue journée de travail, je passe trois heures devant mon ordinateur, sur des travaux de mathématiques et de français. Je suis exténué, les exercices de biologie et d'histoire attendront. Mon lit m'appelle et je ne peux refuser une offre aussi « douillette ».

CHAPITRE 3

Blanche

Deux semaines passent rapidement. Je suis débordé de travail et, avec mes cours en plus, je n'ai pas le temps de respirer, encore moins de m'ennuyer. Chaque soir, je me couche crevé. Je suis trop éreinté pour regarder la télé, preuve que je suis vraiment exténué. La fatigue me sert d'excuse pour repousser l'appel à mes parents. Toutefois, mon subterfuge ne fonctionne pas longtemps. Après tout, grand-papa a été policier. Une fois qu'il découvre que je ne leur donne pas de coup de fil quand il me le demande, il se met à les appeler à mon insu, puis il me colle le combiné contre l'oreille et ne me lâche pas tant que je ne leur parle pas. Il me tombe vraiment sur les nerfs !

Ce matin, je nettoie tout l'équipement de location au rez-de-chaussée de ma demeure, puis je fais plus ou moins 300 pas pour me rendre à l'énorme chalet d'à côté, afin de repeindre les casiers du vestiaire (qui sentent la sueur), sabler et vernir la quarantaine de tables de la cafétéria, astiquer les verres du bar, et j'en passe. Chaque jour, je reçois de nouvelles consignes. L'unique avantage d'être un bouche-trou est de rencontrer, par la force des choses, tout le monde qui travaille au mont Renard. Bien que fort occupés, nous trouvons toujours quelques instants où discuter entre travailleurs. Ainsi, j'apprends que Wesley, natif de la Nouvelle-Écosse, est venu en Colombie-Britannique après ses études secondaires. Il envisageait de passer une année à travailler dans un centre de ski comme moniteur, avant de retourner étudier à Halifax. Toutefois, il est tombé amoureux des Rocheuses. Il a préféré ne pas retourner dans les Maritimes et a prolongé son séjour... de dix-sept ans! À la suite d'un accident où il s'est fracturé les deux jambes, il a dû renoncer à enseigner le ski et s'est résigné à travailler au télésiège, dans la cuisine et au service de location d'une variété de centres. La rumeur veut qu'il ait reluqué les épouses de ses employeurs et empoché un peu d'argent qui ne lui appartenait pas... En tout cas, il est arrivé au mont Renard après avoir rencontré grand-papa au salon *Winter Extreme Ski and Board Swap*, à Vancouver. Bianca, elle, habite à Vancouver depuis son enfance. Mordue de vélo de montagne, elle a troqué la ville pour les pentes. La jeune femme travaille tout l'hiver afin de s'offrir des vacances de vélo l'été.

Bref, chacun a sa petite histoire et ses raisons de travailler pour M. Poitras, que tout le monde qualifie de superbe patron, de bon gars... Disons que ce n'est pas le côté de lui que je vois...

Le jour J arrive enfin. En ce 7 décembre, il faut se lever tôt pour accueillir les clients. Les véritables mordus viennent dès la première journée, peu importe les conditions météorologiques. Miraculeusement, mère Nature a envoyé dix centimètres de belle neige fraîche au cours de la nuit.

Bien que la montagne n'ouvre qu'à 8 h 30, des clients arrivent dès 7 h. Les gens profitent d'un espace de choix dans le stationnement, prennent un copieux déjeuner à la cafétéria et disposent de tout le temps requis pour chausser leurs bottes. Ils se joignent aux heureux élus qui tracent les premières rainures dans cet or blanc. Les amateurs de glisse s'en donnent à cœur joie dès les premières descentes.

Affublé d'un horrible dossard orange, je dirige les voitures dans le stationnement. Si Chuyên me voyait ainsi attriqué, il se moquerait certainement de moi... Chuyên, je me demande bien ce qu'il fait de bon. Je n'ai pas pris de ses nouvelles et le soir, je suis tellement fatigué que je ne vais même pas sur Facebook ni n'envoie de texto. Faut croire que l'amitié, ça ne fonctionne pas d'Ouest en Est. Dès 10 h, le stationnement est plein. Euclide m'appelle sur la radio émettrice et me convoque à la billetterie.

— Bon Cédric, voici ta prochaine tâche, me dit-il en tentant de dissimuler un sourire.

Il me remet un grand sac à glissière. Méfiant, je descends la fermeture éclair. À l'intérieur, je trouve un costume de mascotte.

— Ah non! Vous n'êtes pas sérieux!

— Bien oui, faut que quelqu'un fasse René le Renard.

— Mais c'est trop humiliant!

— Au moins, tu vas être au chaud, là-dedans.

Une fois de plus, il est futile de raisonner avec mon aïeul, qui m'aide à enfiler le costume de la mascotte officielle du mont Renard.

— Là, va falloir que tu sois très patient et gentil, surtout avec les enfants. Ils vont vouloir te donner des câlins, prendre des photos avec toi... L'important, c'est de ne pas parler, et surtout, de ne jamais enlever ton costume ailleurs qu'ici. Compris ? Tu ne dois pas être reconnu.

– Oui, j'ai compris.

La tête est lourde, fort encombrante et ma vision est grandement limitée. Une fois à l'extérieur, je réalise qu'en effet le costume est chaud, voire suffocant. Dès que j'arrive au lieu de rassemblement de l'école de ski, je suis assailli par une multitude de petits morveux. Loin de vouloir me cajoler, bien au contraire, ils me bourrent de coups de bâtons. Les petites pestes ! Comme je m'apprête à les invectiver, une main couverte d'un gant de cuir AuClair se pose sur mon bras gauche.

– Chut, faut pas que tu parles, murmure une voix douce. Bon, tapez des mains une fois si vous m'entendez, chante-t-elle plus fort aux enfants.

Quelques-uns arrêtent de me martyriser et tapent des mains.

– Tapez des mains deux fois si vous m'entendez...

Bientôt, les petits diables m'ignorent pour se concentrer sur la monitrice. Je lui jette un coup d'œil... ils ont bien raison de la reluquer au lieu de s'intéresser à René le Renard. « Wow, je lui ferais pas mal. »

Le reste de la journée se déroule mieux, les enfants qui viennent m'accoster se montrent plus gentils. Les parents prennent maintes photos de leur progéniture, les bras autour du géant roux coiffé d'une tuque verte et habillé d'une veste au logo du centre de ski. Je suis persuadé que de nombreux gamins partageront ce cliché avec leurs amis et leur famille sur les réseaux sociaux.

À la fermeture, tous les employés sont convoqués à la cafétéria. La grande salle est éclairée par des lampes électriques en forme de fanaux à l'huile. Comme nous n'avons pas besoin de toute la place, de nombreuses chaises sont déjà renversées sur les tables de bois, que j'ai vernies à la sueur de mon front. Je remarque pour la première fois qu'il n'y a pas deux chaises pareilles. Deux ou trois hommes sont appuyés au bar fait de rondins. D'autres employés regardent danser les flammes dans l'imposant foyer de pierre. Grand-père m'a expliqué que c'est une tradition de toujours souligner le premier et le dernier jour de chaque saison de ski par un repas communautaire. Tantine Jé place un gros chaudron de ragoût de bœuf sur une table. Elle invite ses collègues à se servir.

– J'ai rempli des assiettes toute la journée, je ne le ferai pas en soirée ! dit-elle, d'un ton blagueur.

– Faudrait pas que la reine du Congo travaille trop fort ! lance Wesley.

– T'es mieux de surveiller ton bol… De l'arsenic, ça se camoufle facilement dans le bouillon ! Pourquoi penses-tu que j'ai dû quitter Kinshasa ? ajoute-t-elle avant d'éclater d'un rire diabolique.

Tout le monde semble s'amuser. Les employés mangent avec appétit. Certains se servent deux fois. J'apprends que Tantine Jé prépare toujours des repas succulents. Selon les dires, les petits plats de l'imposante dame attirent autant de skieurs que les pistes enneigées. Mon grand-père s'avoue heureux qu'une lune de miel qui a mal tourné, en plus des régimes militaires successifs dans son pays, aient incité la cuisinière à élire domicile en Colombie-Britannique avec sa parenté, autour de 1977. Euclide ne reste pas en place, il se promène partout dans la salle afin de parler à tous les employés. Des rires fusent de toute part.

Pendant le repas, je suis tenté de retrouver la jolie monitrice qui m'a sauvé de mes jeunes bourreaux. Malheureusement, je ne la vois nulle part. Dois-je demander à quelqu'un où elle se trouve ? J'opte pour la patience, car je désire paraître zen. Avant le dessert, grand-père Euclide revient s'asseoir à mes côtés. Il m'indique que je dois finir de souper, puis il me rappelle que j'ai des travaux à compléter pour mes cours. En maugréant, je me rends à la table où trône un gâteau à l'ananas et à la noix de coco. Je m'en coupe une généreuse portion.

— Gardes-en pour les autres !

— Bien oui...

Je réplique avant de voir de qui est venu le commentaire. Lorsque je réalise qu'il s'agit de la monitrice que je convoite, j'ajoute :

— En fin de compte, ce morceau est pour toi... Merci d'avoir empêché les petits monstres de me tuer.

— Ça n'aurait pas été leur premier attentat, dit-elle en tentant lamentablement de garder un air sérieux.

— En passant, je m'appelle Cédric.

— Je le sais. Merci pour le gâteau.

Elle me prend l'assiette des mains et se dirige vers une table où mangent d'autres moniteurs et des patrouilleurs. « Non, mais pour qui est-ce qu'elle se prend celle-là ? Elle ne m'a même pas dit son nom ! », me dis-je, avec une pointe d'hostilité.

Rassasié, je quitte la cafétéria. En sortant, je croise Wesley, qui s'approche très près de moi, au point où je peux voir ses dents tachées par la nicotine. Il me demande si je sais jouer au poker. Le Néo-Écossais m'explique que des gars organisent une petite partie amicale, dans le refuge au sommet de la montagne.

— Si ça te tente, je passerai avec ma motoneige dans une heure. Amène ton *cash*.

Après trois quarts d'heure passés à rédiger une dissertation pour mon cours de français, l'inspiration me manque… Je me dis qu'une petite pause me remettra sans doute les idées en place. Je me lève de ma chaise et appuie mon oreille contre la porte. Le son du téléviseur me rassure : grand-papa regarde la joute de hockey des Canucks de Vancouver contre les Flames de Calgary. Ça, c'est un bon signe, car la première période l'endort souvent. En effet, un doux ronronnement me parvient. Avec précaution, je referme la porte de ma chambre. Je mets mon ensemble d'hiver et mes bottes, puis je me faufile par la fenêtre. Doucement, je descends sur le toit qui surplombe l'entrée de notre chalet. Je n'avais pas imaginé à quel point il y avait de la neige sur cet abri. J'enfonce presque jusqu'aux genoux. Cet amoncellement me ralentit temporairement. Ensuite, j'aboutis sur le toit de la camionnette de mon grand-père, heureusement garée tout près. Puis, je saute à terre. Inévitablement, je perds pied sur une plaque de glace et je m'étends de tout mon long. Disons que je suis pas mal content qu'il n'y ait pas de témoins… surtout avec une caméra ! J'entends le vrombissement d'une motoneige au loin. Quelques secondes s'écoulent, puis je vois le phare du bolide apparaître devant La Tanière. Je m'empresse de rejoindre Wesley. J'ai à peine eu le temps d'attacher le casque qu'il m'a prêté, que l'homme appuie sur l'accélérateur. Malgré la noirceur, j'admire les nombreux conifères enneigés. Nous franchissons bientôt la ligne des arbres. Après, il n'y a que de la neige et du roc. La lune reluit sur la vaste étendue couverte de flocons.

Nous sommes quatre autour d'une table à pique-nique, dans le refuge dont m'a parlé mon grand-père le premier matin. Quelqu'un a jeté des bûches dans le vieux poêle de fonte pour raviver le feu. La cabane est loin d'être luxueuse. Il y a six tables de pique-nique sur un parquet de planches parsemé d'égratignures, des crochets aux murs pour les manteaux et des ampoules nues qui éclairent la salle. Un petit écriteau indique les toilettes derrière l'immense corde de bois. Bref, ce gîte offre un répit du froid, sans plus.

Wesley, Jimmy, Stanislav et moi échangeons chacun 20 dollars contre des jetons. Stanislav se met à brasser les cartes.

— Bon, les amis, on joue au *Texas Hold'Em* et on ne remet pas l'argent à la fin. Après six brasses, nous allons augmenter la mise initiale, annonce-t-il.

Au début, je réussis à mettre la main sur quelques pièces. Puis, la chance tourne en faveur de Jimmy, celui qui travaille aux remonte-pentes. Après quelques gains, il demande une pause pour aller fumer. Il m'invite à me joindre à lui. Quand je lui précise que je ne fume pas la cigarette, le jeune homme aux doigts jaunis me fait un clin d'œil. Une fois à l'extérieur, il sort un petit sachet de marijuana et du papier à rouler. Avec les mouvements d'un expert, il roule un joint, puis il l'allume. Jimmy se réserve les deux premières bouffées avant de me l'offrir. L'odeur me rappelle de nombreuses fêtes par chez nous. Plein de nostalgie, je succombe.

Ski, Blanche et avalanche

«Wow! La qualité du *pot* est fort supérieure à ce que le grand-frère de Chuyên nous vendait.»

— Elle est bonne, mon herbe, n'est-ce pas? C'est la meilleure importation de la Californie après les films d'action, déclare Jimmy.

Avant que j'aie la chance de répondre, Stanislav vient nous chercher.

— On joue ou quoi?

Il renifle l'air et ajoute :

— Jimmy, je te l'ai déjà dit, pas de drogues sur ma montagne!

Je trouve son commentaire étrange. Sa montagne? La partie se poursuit. Wesley sort une bouteille de whisky et quatre petits gobelets de plastique. Il nous verse de généreuses rasades. Nous trinquons à la nouvelle saison. Tout en jouant, j'en apprends un peu plus sur Stanislav. C'est l'employé qui est au mont Renard depuis le plus longtemps. Mon arrière-grand-père l'a d'abord embauché comme homme à tout faire. Maintenant il est le second d'Euclide. Entre les verres de whisky, il est pris d'un brin de mélancolie et admet qu'il chérit la montagne comme l'enfant qu'il n'a jamais eu. L'alcool lui délie la langue au point qu'il nous confie qu'il a immigré de la Pologne après le tragique décès de son épouse, enceinte de sept mois. J'apprends que l'homme était en quête de grands espaces et d'aventure pour oublier l'accident ferroviaire d'Ursus, près de Varsovie, qui lui a si cruellement dérobé sa famille en 1990.

* *
*

Le froid me réveille. J'ai l'impression qu'une fanfare joue à tue-tête à l'intérieur de mon crâne. Lorsque je réussis à soulever les paupières, la bouche pâteuse, je m'aperçois que je ne suis pas dans mon lit. Bien au contraire, me voici allongé entre deux tables de pique-nique. Il ne reste que des braises dans le foyer. Voilà pourquoi je gèle. Quelqu'un ouvre la porte et une bourrasque glaciale pénètre dans le refuge.

— Enfin, te v'là.

— Euh… Quoi ?

— Ton grand-père te cherche.

Je reconnais la mignonne monitrice, que je me dépêche de suivre jusqu'au remonte-pente le plus près. La descente mécanique sera plus rapide qu'à pied.

— Est-ce que tu embarques avec moi ?

— Non, mes skis sont là-bas, dit-elle en me désignant une paire d'Atomic plantée dans la neige, près du débarcadère.

— Comment tu t'appelles ?

— Blanche.

Enfin, je connais son nom, mais elle s'éloigne une fois de plus. Pendant mon trajet solitaire vers le pied de la montagne, j'essaie d'inventer une histoire pour justifier ma disparition. La tête me tourne et à chaque soubresaut, le cœur me monte dans la gorge… Oh, que la journée sera longue !

Grand-père Euclide ne me salue pas. Il me signale que je suis en retard. Puis, il m'envoie au stationnement. Est-ce que je vais m'en sortir ainsi ? Avec mes parents, je subirais tout un interrogatoire. Après 10 h, on m'envoie nettoyer un dégât dans les toilettes. Mon estomac fragile ne supporte pas les odeurs. Grand-papa passe voir comment progresse le nettoyage. Il ne me prend pas en pitié. Il m'ordonne plutôt de terminer en vitesse, car je dois ensuite aller récurer des chaudrons à la cuisine. Puis, il me faut revêtir mon costume de mascotte et, dernière chose, vaporiser les bottes au centre de location. Je n'ai qu'à penser aux relents de cuisine et à la senteur des bottes ainsi qu'à la chaleur suffocante du costume de René le Renard, pour savoir qu'on me punit, sans même élever la voix.

CHAPITRE 4

L'offre d'achat

Noël a passé. Mes parents m'ont envoyé une paire de raquettes. Pour être franc, j'ai été surpris de recevoir quoi que ce soit. Après tout, j'ai évité tout contact avec eux depuis plus de trois semaines. Je range le beau cadeau sous mon lit, je soupçonne que je n'aurai pas le temps de m'en servir, car jusqu'à présent, après 25 jours au mont Renard, j'ai eu la chance de skier une fois. Mon grand-père ne semble pas croire aux vacances, surtout pendant la haute saison. Entre le travail et les études, mes temps libres sont comptés. La partie de poker bien arrosée n'a pas aidé ma cause non plus. Euclide passe plus souvent vérifier que je me trouve bel et bien dans ma chambre.

Wesley, Jimmy et Stanislav m'ignorent. Je crois que leur incitation à parier, à boire et à consommer de la drogue, trois activités illégales pour un mineur, leur a valu une sérieuse réprimande du patron. Bref, les journées me paraissent longues. Les autres employés me tiennent à l'écart. Même mon grand-père semble manquer de sujets de conversation. Grosso modo, je vis en solitaire entouré de plein de gens.

Le taux d'achalandage augmente entre Noël et le Jour de l'An. Nous sommes en train de battre des records. Au moins, ça fait sourire mon grand-père. Cet afflux de clients augmente la charge de travail, pas suffisamment pour que l'on embauche des surnuméraires, mais assez pour que les employés déjà à l'œuvre soient débordés !

Un soir tranquille, je trouve un vieil album dans le salon. Des photos en noir et blanc montrent mes arrière-grands-parents en train de défricher des pistes. Il y a des clichés d'équipes d'hommes musclés qui assemblent le premier remonte-pente. D'autres photographies, en couleur, dépeignent la construction du refuge en haut des pentes et celle des deux chalets en bas. Un trombone retient la première carte des pistes, à l'époque où le mont fut ouvert au public. Il n'y avait alors que cinq choix de descentes ! Maintenant, nos clients en ont 60, allant des douces collines aux dénivelés démentiels. C'est impressionnant, mais ça demeure petit comparé aux stations de calibre international, ailleurs dans les Rocheuses. Ces domaines skiables offrent souvent de deux à trois fois plus de pistes… Absorbé par ma trouvaille, je n'entends pas arriver mon grand-père.

— Qu'est-ce que tu regardes comme ça ?

— La station de ski. Ç'a beaucoup changé.

— Mets-en. Mes beaux-parents rêvaient d'avoir leur centre privé. Toutefois, ils ont vite réalisé que ça coûtait trop cher. Donc, ils l'ont ouvert au public. Chaque année, ils y ajoutaient une piste. Au début, il n'y avait que des grosses tentes en bas. Quand Évelyne et moi avons hérité de la station, on a bâti les chalets et après, on a essayé d'attirer plus de clients, sans trop prendre d'expansion. Fallait garder ça petit, gérable et familial.

Je perçois la fierté dans les paroles de mon grand-père, pendant qu'il me décrit les obstacles que ma grand-mère Évelyne et lui ont surmontés.

– On a appris sur le tas. Quand je travaillais pour la GRC, je passais mes vacances ici, avec le beau-père. Mon gars a aidé quand il était au secondaire, puis il est parti…

Le vieil homme ne termine pas sa phrase. Évidemment, il ressent toujours un pincement au cœur en pensant à son fils, qui a traversé le Canada sans se retourner. Le rêve de gérer un centre en famille s'est estompé depuis longtemps.

*   *

*

La saison de ski se poursuit allégrement. Miraculeusement, la nature coopère. Depuis l'ouverture, cinq grosses tempêtes ont laissé plus de 30 centimètres de neige à chaque fois. De plus, les petites bordées s'accumulent de semaine en semaine et s'ajoutent aux sommets enneigés à l'année. Skieurs et planchistes profitent pleinement de cette manne blanche. Comme récompense pour le travail bien fait, grand-papa Poitras m'alloue une demi-journée de répit hebdomadaire. J'en profite pour dévaler les pentes à vive allure et pour essayer mes raquettes. J'aime bien la sensation des pistes recouvertes de véritable neige, au lieu de l'artificielle à laquelle j'étais habitué dans l'Est.

Le mercredi 12 janvier, grand-père m'offre encore l'après-midi de congé. Alors, je me dépêche de troquer le costume de René le Renard contre ma combinaison de ski. Puis, j'emprunte le remonte-pente principal, situé en plein devant le chalet que j'habite. Il y a tellement de neige que la moitié du mur du rez-de-chaussée est cachée. Si ça continue comme ça, je n'aurai pas à sauter sur le toit de la Dodge de mon grand-père la prochaine fois que je souhaiterai me sauver en douce. Rendu au sommet, je prends un instant pour admirer la vallée. Je m'émerveille devant la multitude de pics enneigés, à perte de vue, tous moins élevés que le mont Renard. Ainsi perché, je me prends pour le roi du monde. Mon grand-père possède la montagne la plus haute de la région! Après avoir ainsi contemplé le panorama, je prends le temps de profiter des pistes entretenues mécaniquement au lieu de dévaler celles laissées à l'état naturel. Je suis friand de la surface de velours côtelé qui me permet d'aller encore plus vite. J'opte pour une piste noire nommée *Le Rapide blanc*. J'effectue mes virages à une cadence folle. Étant l'unique amateur de glisse sur cette piste difficile, je peux repousser mes limites et m'en donner à cœur joie.

Au bout d'une heure, il se met à neiger. De gros flocons épars me recouvrent les épaules et tapissent les sièges du remonte-pente. Les gros sapins s'alourdissent de neige en un décor féérique. Le vent se lève. De fortes bourrasques me ralentissent. La neige et le vent réduisent la visibilité. La majorité des amateurs quittent la station; sans doute envisagent-ils un long retour à la maison. Je n'ai qu'à marcher quelques minutes pour arriver chez moi, donc je ne m'inquiète pas de la tempête. Je profite du peu d'affluence pour laisser derrière moi le remonte-pente principal, qui me permet uniquement de skier sur le flanc sud du mont. Je me dirige vers le versant nord, baptisé le *Versant des pionniers*. Je dois me pousser un peu afin de m'y rendre, car je me trouve sur un plateau. Ce versant constitue l'arrière de la montagne. Là, il n'y a pas de télésiège, mais plutôt un vieux tire-fesses, qui m'amène à la section où mes arrière-grands-parents ont tracé les cinq premières pistes, il y a près de trois quarts de siècle. Je fais signe à Bianca, l'adolescente qui s'occupe de cette remon-tée mécanique, puis je me mets à monter. Elle me salue de la main. Grand-père me l'a présentée, le premier jour. On n'a pas eu la chance de se parler beaucoup depuis mon arrivée au mont Renard, car le patron me fait plutôt travailler avec les employés responsables de départements.

Une fois en haut, je choisis une piste intermé-diaire et me mets à tracer des « S » dans la neige qui ne cesse d'épaissir. Peu après, la visibilité devient nulle. Le vent me fouette, je ne vois pas l'amon-cellement de neige devant moi, mes skis plantent et je suis projeté dans la forêt. Une douleur vive me fait perdre connaissance. Je passe plus d'une heure couché dans la neige, avant que deux de nos patrouilleurs-secouristes me trouvent. Dès lors, par radio-émettrice, Leah et le docteur Labonté contactent mon grand-père, qui parcourt la mon-tagne en motoneige. On m'installe sur le traîneau-civière. Ainsi s'amorce une descente humiliante. Moi, le bon skieur, la terreur du mont Tremblant, suis devenu la proie du mont Renard.

À l'infirmerie, le docteur Marcel Labonté m'examine de la tête aux pieds. L'omnipraticien offre ses services en échange d'un abonnement de saison pour sa famille. Il dirige une clinique, dans le deuxième village le plus près du centre de ski. Après un examen sommaire, il me donne son diagnostic.

— La bonne nouvelle, c'est que ton casque t'a évité une commotion cérébrale. La mauvaise nouvelle, c'est que tu t'es fêlé des côtes. Il faudrait confirmer le tout par des rayons X, mais si elles étaient fracturées, tu ressentirais beaucoup plus de douleur. Tu vas devoir te reposer quelques semaines. Il n'y a rien à faire pour soigner une telle blessure. Tu donneras ça à Euclide. Les anti-inflammatoires t'aideront à contrôler la souffrance, termine-t-il après avoir griffonné une ordonnance sur son calepin.

Je dois faire le deuil de ma saison de ski. Voilà que mon unique activité amusante s'envole en fumée. Ah, je donnerais cher pour un verre...

Trois jours plus tard, je recommence à travailler. Grand-père a changé mon horaire pour limiter les mouvements susceptibles d'aggraver ma douleur. Maintenant, je suis affecté à la billetterie et à la caisse de la cafétéria. Leah et le docteur Labonté viennent me voir à quelques reprises pour prendre de mes nouvelles. Ils sont les seuls à me parler. Je voudrais bien savoir ce qu'Euclide a dit aux autres pour qu'ils me fuient comme le diable. J'oublie que Tantine Jé veille sur moi. Elle m'offre continuellement des brioches à la cannelle et des chocolatines, afin de me donner de l'énergie.

Lors de mon congé suivant, je décide d'aller m'étendre sur mon lit et d'écouter de la musique. Après quelques minutes, j'entends des voix. Curieux, je retire mes écouteurs et je tends l'oreille. Immédiatement, je reconnais celle d'Euclide. Par contre, les voix de l'homme et de la femme qui s'adressent à lui en français avec de lourds accents anglais, me sont inconnues.

— Monsieur et madame Jamieson, je vous l'ai déjà dit plusieurs fois : je ne souhaite pas vendre.

— Monsieur Poitras, insiste doucement la dame, soyez réaliste. Votre centre de ski, aussi glorieux soit-il, ne vous rapporte pas suffisamment pour vous permettre de le moderniser.

— Regardez les autres stations, Whistler, Panorama, Kicking Horse… qui attirent des centaines de milliers de clients, s'empresse d'ajouter celui qui doit être monsieur Jamieson. Il y a une raison pour laquelle les amateurs de glisse visitent davantage ces lieux que le mont Renard…

— Les télécabines[3], les hôtels, les spas… ne sont plus considérés comme du luxe, mais comme des services ordinaires au 21ᵉ siècle, la norme quoi ! renchérit madame Jamieson.

— C'est bien beau tout ça, mais ça ne m'intéresse pas, tranche grand-papa.

— Nous vous offrons dix millions. Parlez-en avec votre comptable. Vous verrez que c'est une offre très généreuse.

— Monsieur Jamieson, le mont Renard n'a pas de prix. Maintenant, j'ai du boulot, laissez-moi vous guider vers la sortie.

— D'accord, nous partons, monsieur Poitras, mais sachez que personne ne vous offrira une somme aussi élevée, déclare madame Jamieson.

---

3. Remonte-pente formé de cabines suspendues à un câble d'acier et un système de poulies. Les skieurs prennent place à l'intérieur de celles-ci. Selon la grandeur de la cabine, les skis peuvent être amenés à l'intérieur ou placés dans un support à l'extérieur.

Peu après, j'entends les trois adultes quitter notre logement. « Dix millions ! Wow ! Grand-papa est vraiment riche ! » Je pense spontanément qu'il fait bien de refuser la première offre. Il peut négocier et obtenir encore plus d'argent pour sa propriété. Avec une telle fortune, il pourra se la couler douce pour le restant de sa vie. Je me lève doucement de mon lit, sans que mes côtes ne me fassent trop souffrir, puis je me dirige vers la cuisine. Là, je trouve une bouteille de vodka. Il faut fêter le gros lot !

Plus tard dans la soirée, je découvre que les anti-inflammatoires et l'alcool ne font pas bon ménage. Je me vois obligé de me faire pomper l'estomac à l'urgence, un rappel de mes folies d'Ottawa. « Cave un jour, cave toujours ! » comme dit Tantine Jé.

Ski, Blanche et avalanche

CHAPITRE 5

Un incident fâcheux

Le mois de janvier avance rapidement. Mes côtes ne me font presque plus mal. Je recommence à porter le costume de René le Renard, mais je me tiens loin de l'école de ski. Je travaille fort afin de passer mes cours du premier semestre et mes notes sont plus qu'acceptables. Je n'aurai plus qu'à réussir les cours du second semestre. Si tout se passe bien, je sais que j'obtiendrai mon diplôme !

Depuis la gaffe qui m'a expédié à l'hôpital, grand-père m'a retiré mes anti-inflammatoires et il a installé un cadenas sur l'armoire à boisson. On m'oblige aussi à consulter un psychologue une fois par semaine, pour déceler la cause de mon comportement rebelle. Je déteste ces rencontres où je dois parler de mes états d'âme. Je me sens comme une grenouille que l'on dissèque dans le cours de biologie afin de comprendre comment fonctionne cet organisme vivant. Je suis plutôt futé, alors je contrôle ces rencontres en inventant une série d'événements. Mon psy prend des notes sans arrêt. Il hoche fréquemment la tête et murmure des « Ah, oui ? Ah que c'est intéressant ! » Euclide doit débourser 200 dollars par séance. Eh bien, ça lui apprendra à me traiter comme si j'étais fou! Je crains quand même que grand-papa accumule toutes les factures, puis exige un remboursement. Il peut être tellement ratoureux.

Samedi après-midi, mon existence terne change un peu, car il y a une tempête de verglas. Blanche vient me rencontrer dans la cuisine, où je suis occupé à peler des pommes de terre. La jolie monitrice enlève son casque de ski et sa cagoule. Ses longs cheveux blonds tombent en cascade sur ses épaules. Ses yeux bleus scintillent sous l'éclairage des néons. D'un geste rapide, elle descend la fermeture éclair de son manteau, l'enlève et le secoue afin d'en enlever l'excédent d'eau. Après l'avoir accroché derrière la porte, elle tire un tabouret à mes côtés. Je ne résiste pas à l'envie d'engager la conversation.

– Ça va?

– Oui, mais je me passerais du verglas.

– C'est vrai que c'est mauvais pour le ski. En tout cas, c'est la météo parfaite pour éplucher des patates.

– J'oubliais, t'as pas pu skier depuis ton accident... ça doit être long!

Notre conversation se poursuit ainsi pendant quelques minutes. Je trouve louche qu'elle soit venue passer du temps avec moi. Normalement, elle me fuit comme un obèse qui évite l'exercice. Enfin, elle aborde la raison de sa présence.

– Écoute Cédric, j'ai un service à te demander... Comprends que je marche vraiment sur mon orgueil là... mais j'ai besoin d'aide. Monsieur Poitras m'a dit que tu as obtenu une superbe note en histoire...

— Oui, je suis pas mal bon là-dedans.

— Moi, non. Par contre, si je veux être acceptée dans le programme contingenté qui m'intéresse à l'université l'an prochain, il faut absolument que j'obtienne un bon résultat. Ma moyenne générale ne peut pas baisser d'un pour cent. Peux-tu m'aider ? Je suis prête à te payer, ajoute-t-elle afin de rendre l'offre plus alléchante.

— Non, je ne veux pas.

— Quoi ? demande-t-elle, incrédule.

— Non, je ne veux pas de ton argent. Les jours où tu donnes des cours de ski, reste une heure en fin de journée et je t'aiderai. En échange... Je vais y penser... mais tu vas me devoir quelque chose...

Hésitante, Blanche finit tout de même par accepter ma proposition. Il me reste à trouver des astuces pour qu'elle retienne plus facilement les dates et les personnages historiques. Ensuite, il me faudra inventer quelques trucs pour favoriser sa compréhension des causes et des conséquences des événements marquants. Ultimement, je devrai trouver ce que je veux troquer contre mes cours particuliers.

* *
*

Le samedi suivant, j'ai toute une surprise. Pendant que je suis occupé à sortir les ordures et à les balancer dans l'énorme bac à détritus, je m'entends appeler par une voix familière. Impossible, ça ne peut pas être lui...

— C ! Tu m'ignores ou quoi ?

Mes oreilles ne m'ont pas joué de tour. Mon ami est bel et bien planté à quelques pas de moi, une valise, un sac à dos et un sac de planche à neige à ses pieds.

– Chuyên! Qu'est-ce que tu fais ici?

– C'était assez *plate* à Ottawa, depuis que tes parents t'ont *shippé* ici! J'me suis dit que ça suffisait et qu'il était temps de venir voir si t'étais toujours en vie. T'as pas Internet ou quoi?

– Oui, oui, j'ai un *laptop*, mais pas la haute vitesse et je travaille comme un fou tout le temps.

Je m'en veux d'avoir négligé mon ami de longue date. Heureusement, je réussis à convaincre grand-papa d'accueillir Chuyên pour quelques jours. Je lui promets de faire toutes mes heures, même pendant que mon copain s'amusera sur les pentes. Mon camarade vietnamien laisse ses affaires dans ma chambre et se lance à l'assaut de la montagne, sans perdre une minute.

En soirée, mon ami et moi décidons d'aller faire un tour. Je lui prête mon cadeau de Noël et j'emprunte les raquettes de mon aïeul. La lune éclaire en partie le sol. Nous nous servons de lampes frontales afin de voir où nous allons. Quand je prends de grandes enjambées, le torse me fait un peu mal. Toutefois, la douleur est tolérable. Au loin, nous voyons les surfaceuses monter et descendre les pentes. Dès l'ouverture, les amateurs auront la chance d'effectuer des virages sur une surface imitant le velours côtelé. Un brin de jalousie m'assaille, je ne pourrai pas goûter cette joie.

Chuyên propose que l'on s'arrête un peu. Bien assis sur des monticules de neige, nous nous mettons à observer les étoiles.

– Wow, ça n'a pas cet aspect-là chez nous!

– T'as raison.

— J'en reviens pas que tu sois toujours obligé de travailler. Ça gâche ton séjour dans les Rocheuses.

— Ouais… mais tu sais, mon exil est censé être ma punition. Donc, c'est normal qu'on ne m'alloue pas beaucoup de temps libre.

— Ouin, mais quand même… Me semble que ça te prendrait un peu de distraction…

— T'as raison. Sauf, que si je tente de m'amuser une goutte, j'aboutis à l'hôpital !

— Faudrait que tu te trouves une blonde ou quelque chose…

— J'y pense…

— Ah, oui ? C'est quoi son nom ?

— Blanche.

— La jolie monitrice ? C'est vrai que j'y ferais pas mal !

— Aye ! Pas touche, Chuyên.

— OK, OK.

Nous poursuivons notre randonnée. Les projecteurs s'éteignent petit à petit, à mesure que chaque piste est fraîchement balisée. Bientôt, c'est la pénombre. Seuls les faisceaux de nos lampes frontales percent l'obscurité. Au moment où nous allons rebrousser chemin, un bruit sourd se fait entendre. Puis, une série de clings-clangs retentissent. On dirait des coups assenés sur du métal. Chuyên et moi hésitons. Devons-nous aller explorer afin de savoir ce qui vient de se passer ?

— Ça ne me tente pas d'être blâmé pour des problèmes…

— OK, mais si tu vas pas voir, ton grand-père va être en maudit que t'aies rien fait devant le danger.

Mon meilleur ami réussit à me convaincre. Nous nous dirigeons vers la cacophonie. Comme nous approchons de la source du bruit, le tinta-marre s'estompe. Par précaution, nous éteignons nos torches électriques. À la lueur de la pleine lune, nous entrevoyons une surfaceuse lourde-ment endommagée. Cette fois, nous prenons le temps de rallumer nos lampes et examinons les dégâts. Quelqu'un s'en est donné à cœur joie. Le pare-brise a éclaté en mille morceaux. Il y a des cratères dans la tôle qui recouvre les parois du véhicule. Les chenilles permettant normalement au mastodonte de ne pas s'enliser gisent sur la neige. Je crois que les roues d'engrenage ont été déformées à coup de masse. Comment quelqu'un a-t-il pu causer autant de dommages en si peu de temps ? La frousse me saisit. Quiconque a commis cet acte de vandalisme rôde probablement tou-jours dans les parages. Nous n'avons pas entendu de motoneige. Logiquement, le saboteur n'a pas eu le temps d'aller bien loin.

— Chuyên, il faut essayer de trouver le mal-faiteur.

Mon ami acquiesce d'un signe de tête. Tran-quillement, nous explorons les alentours. Au bout d'une dizaine de minutes, nous revenons bre-douilles.

— Bon, va falloir que nous retournions au chalet.

— Faudra le dire à ton grand-père et appeler la police.

— On n'a pas le choix.

Grand-père Euclide nous attend dans le salon. Il se frotte doucement les tempes, en regardant distraitement le téléviseur où défile la troisième période d'une joute de hockey opposant les Flames de Calgary aux Kings de Los Angeles.

— T'es en retard, Cédric.

— Je le sais, mais...

— Il n'y a pas de mais. Ce n'est pas parce que ton ami est là que t'as des privilèges d'extra.

Un instant, je pense lui cacher la raison de notre retard. Il ne semble pas particulièrement accueillant, alors pourquoi me donner la peine de l'aider, lui, le vieux malcommode qui ne cesse de me mettre des bâtons dans les roues ? Puis, je me dis que je dois tenter de gagner des points et que l'honnêteté est davantage garante de succès.

— Écoute, grand-papa. Ce n'est pas une excuse, on est en retard, on aurait dû revenir il y a long-temps de notre randonnée de raquettes, c'est vrai. Mais faut que tu saches que quelqu'un a presque démoli une de tes surfaceuses.

— Quoi !

— Chuyên et moi, on a entendu du vacarme, on est allés voir, puis on a trouvé la surfaceuse, la numéro trois, celle qu'on gare...

— Près de la piste *Le Faucon*...

— Oui, quelqu'un a vraiment bûché dedans.

Grand-papa Poitras me dit d'aller me coucher, pendant qu'il saute dans son habit de motoneige et ses bottes. Une minute plus tard, j'entends le vrombissement de son bolide. Un quart d'heure s'écoule. Étendu dans mon lit près de mon ami, je contemple le plafond, heureux d'avoir persévéré et d'avoir avoué la véritable raison de notre arrivée tardive. Je fais du progrès...

Deux policiers arrivés pendant la nuit nous réveillent et nous interrogent, Chuyên et moi. Mal-heureusement, ils ne semblent pas très optimistes. Sans indices, il sera ardu de trouver les vandales. Pendant qu'ils arpentaient le lieu du délit, les agents ont aperçu nos pistes de raquettes, deux traces de skis ainsi que deux séries d'empreintes de bottes de ski de fond laissées dans la neige. Voilà pourquoi nous n'avons pas entendu de bruit lorsque nous nous sommes approchés de la scène du crime. Les délinquants se sont poussés en douce sur leurs skis.

En avant-midi, Mme Collins, l'experte en assurances, vient examiner les dégâts. Elle photographie la surfaceuse sous tous ses angles et promet à Euclide de veiller à ce que la réclamation soit traitée prestement. Toutefois, selon son expérience, plusieurs semaines risquent de passer avant que le véhicule ne soit réparé et que les frais ne soient remboursés. Cette mauvaise nouvelle signifie que, pour couvrir toute la superficie, les équipes devront travailler de nuit, sans interruption, avec les cinq autres surfaceuses. Grand-papa refuse de laisser un sixième des pistes à l'état naturel.

CHAPITRE 6

Le cuistot improvisé

Depuis l'acte de vandalisme, Euclide Poitras
a demandé à tous ses employés d'être vigilants.
La consigne s'applique doublement à moi. Mon
couvre-feu devient de plus en plus strict. Je
comprends que grand-père s'inquiète. Si on lui
en veut assez pour détruire un énorme véhicule
d'entretien, on peut facilement s'en prendre à son
petit-fils aux côtes fêlées. Ne se sentant pas trop
le bienvenu, Chuyên part deux jours après notre
découverte. Il se rend à Vancouver voir un oncle.
Mon ami compte en profiter aussi pour déambuler
dans le parc Stanley et visiter d'autres lieux impor-
tants. Il me promet que s'il lui reste de l'argent, il
reviendra me voir dans quelques jours.

Les heures que je passe avec Blanche égaient
mes journées. Le tutorat semble porter des fruits.
La jeune fille blonde a mémorisé les noms des
personnages-clés pour l'époque à l'étude. Je lui
crée un diaporama comprenant une fiche avec
dates, info détaillée et photo à l'appui, pour
chaque personnage. Elle repasse ce montage fréquemment sur son téléphone intelligent. Même

dans le télésiège, elle peut étudier ! Il me reste à simplifier les relations de cause à effet et, surtout, à tisser des liens entre les événements. Je pense à faire une vidéo.

— Tu sais, Cédric, t'es pas mal bon comme tuteur. Il faudrait que tu me dises ce que tu veux en échange : de l'argent ? des leçons de ski ?

— J'y réfléchis, ma belle.

Je la fais languir un peu. Après tout, elle a été bête avec moi, à mon arrivée au mont Renard.

À 4 h un mardi matin de cette fin janvier, je suis encore couché quand mon grand-père cogne. Il entre dans ma chambre, avant même que j'aie le temps de répondre.

— Cédric, on a un problème. Es-tu bon en cuisine ?

— Bah… je me débrouille pour des affaires simples, pourquoi ?

— Tantine Jé fait une gastro. Elle ne peut pas travailler. T'es le seul qui n'a pas vraiment de tâche prescrite pour la journée…

— J'peux essayer, mais ça ne sera pas le même menu que d'habitude.

— Peu importe, tant qu'il y a quelque chose à manger pour nos clients.

Alors, je m'empresse de me lever et d'enfiler mes vêtements pour gagner rapidement la cuisine de la cafétéria, mon portable sous le bras. Entre les deux chalets, j'ai le cerveau en ébullition. « Qu'est-ce que je sais préparer ? Des sandwichs grillés au fromage, du Kraft Dinner, des œufs… » Plus j'y pense, plus je me dis qu'on ne fera pas dans la gastronomie.

Un coup dans la cuisine, j'ouvre le frigo, le congélateur et le garde-manger. En quelques minutes, je prends connaissance des vivres à ma disposition. Heureusement, il y a des brioches aux bananes et d'autres aux pommes dans le congélateur, un chaudron de soupe dans le réfrigérateur et suffisamment d'œufs pour faire des sandwichs. Puis, j'entre quelques noms d'aliments dans *Google* avec les mots-clés « recette simple ». En une fraction de seconde, j'obtiens une recette de chili et une autre de pâté chinois. Je prends le temps de lire chacune attentivement. Tout semble facile et j'ai tous les ingrédients nécessaires. Je me mets alors à la tâche. Pour commencer, j'épluche plusieurs kilos de patates. Au moins, ça, c'est une corvée à laquelle je suis habitué.

Quand les premiers clients arrivent pour le déjeuner, je suis en mesure de leur offrir du gruau, des rôties, des œufs brouillés et les brioches maison de Tantine Jé. Il y a bien quelques *chialeux*, mais dans l'ensemble, les gens sont heureux d'avoir quelque chose à manger.

Grand-papa Poitras vient me donner un coup de main quand la foule du dîner se fait plus dense. Il s'occupe de la caisse pendant qu'une bénévole et moi remplissons les assiettes. Certains habitués me demandent où se cache notre cuisinière. Je suis exténué quand vient le temps de fermer boutique. Je sais qu'il me reste à nettoyer, toutefois je suis persuadé qu'une petite pause ne sera pas de trop. Après avoir choisi une bouteille de limonade dans le réfrigérateur, je sors prendre l'air. J'ai eu tellement chaud devant mes fourneaux !

* *

*

Euclide m'a attendu pour le souper. Il a grillé une longe de porc sur le barbecue et il a confectionné une salade du chef. Lorsque nous sommes assis, il lève son verre de jus de tomate.

– À toi, Cédric, tu nous as sauvés!

Sur le coup, je reste bête. Je ne suis pas habitué à ce que l'on me félicite. Normalement, j'engendre surtout des ennuis et dans ce cas-là, les éloges se font avec parcimonie.

– Tant qu'il n'y a pas d'empoisonnement alimentaire, ça va être une réussite!

– Il ne manquerait que ça, ricane mon aïeul.

– Je vais devoir trouver d'autres recettes pour demain.

– Tu penseras à ça demain matin, là, va faire un tour de motoneige... ou va voir Blanche, ajoute-t-il en clignant de l'œil.

Une veste sur les épaules, je cours à La Tanière, mais trouve le vestiaire des employés vide. Tout le monde a déjà quitté la station pour la journée. Alors, je me faufile au fond de la cafétéria, près des toilettes, où il y a une vieille machine à boules. Je fouille dans mes poches et saisis une pièce de 25 sous que j'insère dans la fente. La machine de *pinball* s'illumine. Ce n'est pas comme jouer à l'ordinateur. Le premier coup est plus difficile. La balle tombe directement dans un trou. Rendu à mon quatrième 25 sous, je réussis à faire balader la boule de métal un peu partout sur la surface. Les lumières de couleur s'allument lorsque je réussis de bonnes touches. Je doute toujours de battre un record, toutefois, je m'amuse pendant une demi-heure avec seulement 1,50 $! Disons que ça m'est arrivé rarement.

Exténué, je retourne dans notre chalet, à ma chambre. J'aurai à me lever tôt demain matin pour remplacer Tantine Jé à nouveau. Bien que ma journée se soit bien déroulée, j'espère que l'imposante Congolaise retrouvera la santé rapidement.

CHAPITRE 7

Au feu !

Après trois jours comme substitut dans la cuisine, j'ai quelques brûlures et des coupures mineures un peu partout sur les mains. Je m'estime chanceux de m'en tirer à si bon compte. Tantine Jé est de retour devant son fourneau et personne ne s'en plaint. De délicieuses odeurs de brioches, de ragoût et d'autres mets succulents émanent de la cuisine du chalet principal. Tout semble bien aller.

La surfaceuse numéro trois exhibe toujours ses parois de tôle froissée. Toutefois, les chenilles et le pare-brise sont réparés. Le véhicule fonctionne, quoique moins joli à contempler. En tout cas, les employés de nuit sont heureux de reprendre leur horaire normal. Pour sa part, Blanche a obtenu un bon résultat à son dernier test d'histoire. Elle n'est toujours pas satisfaite de sa note, mais sa réussite l'encourage. La jolie monitrice me demande continuellement quand je lui dévoilerai ce que je veux en échange de mon tutorat. Je sais très bien ce que je désire, mais je juge que le temps n'est pas venu de le lui dire. J'ai enfilé de nouveau le costume de René le Renard. L'encombrant ensemble de peluche ne m'a guère manqué. Cependant, les enfants qui viennent enlacer la mascotte semblent bien apprécier son retour. Je trouve les petits morveux de plus en plus adorables, sans me l'avouer entièrement.

Ma bonne humeur s'estompe un peu, quand je surprends grand-papa Euclide au téléphone. Il ne se rend pas compte que je suis entré chercher des mitaines sèches dans ma chambre.

— Écoutez, madame Wong, vient-il de dire d'un ton autoritaire, je sais que je demande beaucoup d'argent, mais... oui, oui, je sais... il doit y avoir une solution... ça va, je comprends... bonne journée !

Voilà, je n'ai entendu qu'une partie de la conversation, mais je peux tout de même en déduire qu'il y a un problème. Est-ce que les assureurs refusent de payer les réparations ? Ou bien est-ce que le mont Renard rapporte moins que prévu ? Est-ce qu'il y a un retard de paiement à la banque ? De multiples questions encombrent mon cerveau, la plus récurrente étant : « Est-ce que je dois en parler à grand-père Poitras ? »

Euclide a quitté le chalet. Sans doute est-il retourné travailler. Des groupes scolaires dévalent les pentes aujourd'hui, la vigilance est de mise. À mon tour, je sors de chez nous. Il sera toujours temps, ce soir, de réfléchir à un plan d'action. En après-midi, j'entends la sirène d'une ambulance. Un des élèves a percuté un pylône de télésiège. Selon Leah, il souffre probablement d'une commotion cérébrale. Étant donné que le docteur Labonté n'est pas de garde, elle juge préférable de s'en remettre aux services d'urgence.

— Au moins, il portait un casque. Ç'aurait pu être bien pire, me dit-elle.

Le calme revient bientôt au centre de ski. Tout le monde vaque à ses besognes habituelles. Je passe voir Blanche, qui termine une leçon de groupe avec des touristes du Nouveau-Brunswick. Pendant qu'elle donne des conseils de dernière minute à une dame vêtue d'un ensemble rose bonbon, elle m'envoie un clin d'œil. Je patiente, désireux d'avoir toute son attention. Enfin, la Néo-Brunswickoise part rejoindre ses partenaires de voyage.

— Qu'est-ce qu'il y a ? me demande Blanche.

— Rien.

— Tu es sûr ?

— Bien… je pensais à nos sessions de tutorat…

— Oui…

— J'ai pensé à quelque chose pour t'aider à relier les époques et les événements. J'ai trouvé une fonction super conviviale que tu pourrais télécharger sur ta tablette. Elle permet de créer des réseaux Internet, des toiles d'araignée virtuelles, ça pourrait fonctionner parfaitement pour ton cours d'histoire.

— J'aime l'idée, faudrait que tu me montres ça. Je ne pourrai pas rester tout de suite après ma dernière leçon, car j'ai un rendez-vous chez le dentiste ; cependant, je peux revenir en soirée.

— OK, si tu veux. Je te ferai une petite démonstration et…

— Oui ?

— Je te dévoilerai ce que je veux en échange de mes services.

Je ne lui donne même pas le temps de répondre. Je pars immédiatement vers le comptoir de location, où Wesley m'attend pour vérifier l'équipement utilisé par les groupes scolaires. Nous devons veiller à ce que toute botte trouve sa pareille, même chose pour les bâtons et les skis. Il est surprenant de voir combien de jeunes confondent leur équipement avec celui d'un ami. Heureusement, nous y apposons des autocollants marqués d'un code alphanumérique, pour nous simplifier la tâche. «Nous...» À croire que je suis ici depuis toujours. C'est drôle comment je me sens chez moi, même après quelques mois à peine...

Quand je rejoins mon grand-père pour le souper, il m'informe que mes parents ont téléphoné. Ils veulent que je les rappelle. Après avoir promis à Euclide de leur donner un coup de fil plus tard, je me concentre sur mon repas, sachant fort bien que je ne rappellerai pas de sitôt. Je ne digère toujours pas qu'ils m'aient envoyé en exil dans l'Ouest. Grand-père sort quelques comprimés de sa poche et les avale. «Il doit avoir mal à la tête», me dis-je. Un lourd silence pèse dans la cuisine. Je décide de le rompre.

– Grand-papa ?

– Oui ?

– Comment ça va, les affaires ?

– Bien, pourquoi ?

Je décèle une pointe d'intrigue dans sa voix, qui m'incite à continuer.

– Je trouve qu'il n'y a pas beaucoup de clients et je suis certain que les surfaceuses, les remonte-pentes, ça coûte cher.

– T'as raison, Cédric. Je crois que skier à un endroit où les files d'attente sont quasiment inexistantes, c'est un grand luxe. Je ne gère pas le mont Renard pour m'enrichir, je le fais parce que j'aime ça. Si, par miracle, il reste un peu d'argent à mettre dans mon compte bancaire après chaque saison, c'est tant mieux. Sinon, j'ai toujours ma pension de retraite de la GRC.

Je commence à comprendre un peu pourquoi mon grand-père a refusé l'offre des Jamieson. Cependant, je suis certain qu'il doit exister une façon de faire des profits, tout en préservant l'expérience du petit centre de ski. Je vais bien y penser.

Une fois les ustensiles et les assiettes dans le lave-vaisselle, je m'installe à mon pupitre afin d'exécuter certains travaux pour mes cours par correspondance. Au bout d'une heure, je reçois un texto de Blanche. Elle sera dans le stationnement sous peu. Alors, je me lève et m'aperçois dans le miroir derrière la porte de ma chambre. « Non, non, non, ça va pas faire. » Aussitôt pensé, j'enlève mon vieux chandail, j'applique une couche de désodorisant, je m'asperge la nuque d'un peu d'eau de Cologne, puis j'enfile un beau tricot de laine mérinos acheté dans une boutique du Centre Rideau, au temps où je magasinais dans le centre-ville d'Ottawa avec la carte de crédit de mon père. Les temps ont véritablement changé. Je passe aux toilettes afin de me brosser les dents, puis c'est le temps d'y aller.

— J'm'en vais étudier avec Blanche, grand-papa.

— Je ne pense pas que c'est de l'étude que t'as en tête, lâche-t-il en humant l'air.

Sans même lui répondre de se mêler de ses affaires, je sors affronter le froid. J'ai le temps de traverser la distance entre ma demeure et La Tanière avant de voir une paire de phares percer l'obscurité, à l'entrée du stationnement. Aussitôt, je m'accote contre la bâtisse et tente d'avoir l'air bien *relax*. Blanche gare la Subaru de sa mère tout près du chalet principal. En quelques pas, elle me rejoint.

— Est-ce que t'attends depuis longtemps ?

— Non, non. Veux-tu étudier au grand chalet ou au refuge ?

— La réception 3G n'est pas très bonne en haut et je ne suis pas habillée pour faire une randonnée de motoneige. Je gèle !

— OK, allons à La Tanière alors. On utilisera la cafétéria.

J'extirpe ma clé de la poche de mon jean et je déverrouille la porte arrière. Nous entrons dans un petit vestibule. La porte de gauche ouvre sur un garde-manger et celle de droite mène à la cuisine. Un peu plus à gauche, se trouvent les toilettes des employés et l'escalier qui descend au sous-sol. Ayant choisi la droite, nous faisons une vingtaine de pas droit devant, puis j'ouvre la porte qui mène à la salle à manger. J'allume quelques lumières. Comme il ne fait pas très chaud dans le grand chalet, nous nous installons devant le foyer. Je m'empresse d'allumer un petit feu dans l'âtre de pierre. Les flammes qui dansent sur les bûches réchauffent déjà l'atmosphère.

— Alors, tu me montres tout ça sur ma tablette ?

— Bien sûr, Blanche.

Au bout d'une heure, mon élève a bien maîtrisé l'application. Blanche trouve qu'il est plus facile de lier des événements sur la toile virtuelle. Elle sauvegarde ses modifications à tout bout de champ, de peur d'avoir à recommencer. Je me moque un peu de sa crainte en disant que tout s'enregistre automatiquement. Chose essentielle, ma solution fonctionne.

— Wow, Cédric, ça marche vraiment bien. T'as eu un véritable coup de génie !

— Je suis content que mon outil te soit utile.

– Bon, là, assez niaisé : vas-tu me dire ce que tu veux comme paye ?

– Toi.

– Quoi ?

– Je veux sortir avec toi un soir, pas ici.

– Ben... là... Cédric.

– Panique pas, j'te demande pas en mariage... On pourrait aller au cinéma, manger une pizza...

– La pizza, ça s'arrange, mais pour le cinéma, faudrait se taper plus d'une heure et demie de route !

– Sapristi que c'est malcommode de vivre au milieu de nulle part ! Alors, est-ce que t'acceptes ?

– Sérieusement, tu veux me dire qu'une sortie va te récompenser pour toutes les heures de tutorat ?

– Commençons par une.

Quelques minutes plus tard, nous sortons du grand chalet. Je raccompagne Blanche à sa voiture. Nous nous adossons au capot de la familiale pour observer les étoiles. Je réussis à identifier la Grande Ourse, mais je n'arrive pas à nommer les autres constellations. Soudain, nos regards sont attirés par une lumière vive, au sommet du mont Renard.

– C'est quoi ça ?

– Du feu ! lâche Blanche.

Mon amie a raison. Il y a un incendie là-haut. Je cours à la maison et croise le docteur Labonté qui en sort. Il me regarde, l'air perplexe, et passe son chemin. Je l'ignore, puis j'entre en trombe dans notre logement à l'étage. Grand-papa est en train de lire une revue de ski.

– Vite, il y a le feu sur la montagne !

– Quoi ?

– Au feu, j'te dis !

Grand-père Poitras s'habille en vitesse. Nous courons dehors, où Blanche nous attend. Euclide lui demande d'aller dans son bureau, d'avertir les conducteurs de surfaceuses par radio-émetteur et d'appeler les pompiers volontaires.

– Dis-leur que c'est tout en haut et que ça va prendre un avion ou un hélicoptère!

Pendant que Blanche s'active, j'emboîte le pas à mon aïeul. Nous ramassons des pelles et des extincteurs, puis nous enfourchons deux moto-neiges. Nous gravissons l'imposante montagne, sans casques, dans le froid cinglant. Ce n'est pas le temps de pleurnicher. Si le feu se propage, il endommagera les télésièges et, même en hiver, le risque d'incendie de forêt demeure. Le fait que le pic du mont Renard dépasse la ligne des arbres joue en notre faveur. Cependant, le vent peut faire valser des tisons vers les conifères les plus près.

Enfin, nous arrivons au sommet. Le refuge est un immense brasier. Grand-père et moi vidons les extincteurs, mais ce n'est pas suffisant. Nous balançons de pleines pelletées de neige dans les flammes, plus puissantes que nous. Les ravages se poursuivent. Nous sommes soulagés de voir apparaître les conducteurs de surfaceuses, venus aider à maîtriser l'incendie. Malgré nos efforts, la charpente s'écroule. Une éternité passe avant que le vrombissement d'un avion du service des incendies se fasse entendre. Puis, une pluie diluvienne s'abat sur les braises. D'épais nuages de fumée et de vapeur nous entourent. Ça y est, le feu est éteint. Grand-papa Poitras s'affaisse et se met à sangloter.

CHAPITRE 8

De la pizza au menu

Le lendemain de l'incendie, Euclide me demande de passer la journée sur la montagne, à éloigner les skieurs des ruines du refuge. Le périmètre du sinistre est barricadé de rubans jaunes marqués DANGER. Deux policières, un inspecteur du service des incendies et l'experte en assurances, Mme Collins, se promènent sur les lieux du sinistre. Ils sont occupés à remplir des rapports et à photographier les décombres. Ces spécialistes doivent déterminer les causes de l'incendie dévastateur.

De nombreux clients sont déçus lorsque je leur demande d'aller se réchauffer au chalet, tout en bas de la montagne. Afin de compenser, je leur remets des coupons échangeables contre une boisson chaude à la cafétéria. Les habitués se désolent que le refuge n'existe plus. Certains parlent du bon vieux temps.

— Je me souviens des fêtes que tes arrière-grands-parents organisaient là-haut, pour remercier ceux qui les avaient aidés. Tout le monde apportait des sandwichs. La mère de la belle Évelyne préparait de la soupe aux légumes. Certains des vieux jouaient de la cuillère et de l'harmonica. On chantait, on dansait et on se passait le flacon de whisky blanc. On s'amusait! m'explique Clovis « le Carcajou » Papineau, un Métis, doyen des abonnés au mont Renard.

— Vous avez connu ma grand-mère Poitras et ses parents ?

— Oui, même que si Euclide n'était pas arrivé sur son grand cheval blanc, c'est probablement moi qu'Évelyne aurait épousé!

— Dans vos rêves, peut-être!

— Aïe, le jeune! lance-t-il, avant de pouffer de rire.

Malgré tout, la journée se déroule plutôt bien. Après que tous les clients sont partis, je descends rejoindre les employés au grand chalet. Grand-père Poitras convoque le personnel à une réunion d'urgence. Durant cette triste rencontre, nous apprenons que, selon l'investigation en cours, l'incendie était criminel. Notre patron nous invite à passer le voir en soirée, si nous avons été témoins de quoi que ce soit de louche. De plus, Euclide nous recommande la prudence. Les actes de vandalisme et l'incendie l'inquiètent beaucoup.

Durant le souper, la langue déliée par quelques verres de vin, grand-père Poitras me confie certaines de ses craintes. Je l'écoute avidement, tout en essayant de trouver des solutions.

— Tu sais Cédric, l'incendie va me coûter cher... Le refuge ne respectait pas toutes les règles de sécurité... il n'y avait pas de gicleurs au plafond...

— Alors quoi... ? Il faudra payer une amende...

— Sans doute, mais la prime d'assurances va aussi augmenter. Surtout... Après deux incidents, il va y avoir une enquête pour savoir... pour savoir...

— Si c'est une *job* d'assurances?

— Exactement! Les policiers vont penser que je sabote ma propre station de ski! Ça va retarder l'approbation pour rebâtir.

Grand-papa avale une longue gorgée de Cabernet Sauvignon. Il hoche la tête, puis se lève de table. Il commence à retirer les couverts et à les déposer sur le comptoir, près de l'évier. Pendant qu'il rince nos assiettes, une idée me vient :

— Grand-papa, j'ai peut-être une solution...

— Au point où on est rendus, n'importe quelle suggestion vaut d'être écoutée.

Je ne sais pas si je dois être insulté ou non.

— OK, si l'on ne peut pas reconstruire immédiatement, qu'est-ce qui nous empêcherait de monter un refuge temporaire? On pourrait louer un grand chapiteau, chauffer la place et installer des toilettes chimiques. J'ai déjà vu ça dans d'autres centres de ski...

— Des tables de pique-nique à l'intérieur... où les clients s'abriteraient des intempéries. Tu sais Cédric, je pense que t'as une maudite bonne idée! Termine la vaisselle, je vais faire quelques appels.

Me voilà fier de mon coup. Si tout se déroule tel que je l'ai planifié, un refuge temporaire sera érigé d'ici quelques jours. Je suis réaliste, une cloison de toile, ça n'isole pas énormément du froid, mais au moins ça bloque le vent. De plus, l'ajout d'un système de chauffage au kérosène ou au bois aidera grandement à tempérer l'atmosphère. Bref, ma solution s'avère fort satisfaisante!

Le lendemain, je reçois un texto de Blanche. Elle me demande si je veux manger de la pizza le soir. Le fait que l'invitation vienne de sa part me réjouit. Elle aussi doit être intéressée... à moins qu'elle veuille uniquement se débarrasser de la corvée. Toute la journée, Blanche demeure dans mes pensées. C'est dangereux, car je me coupe trois fois en épluchant des patates. Tantine Jé me sermonne :

— Sors la femme de tes idées, sinon t'auras plus de doigts!

Enfin, mon quart de travail achève. Je m'empresse d'aller prendre une douche et de me changer. Pendant que l'eau chaude me tombe en cascade sur la tête, je me rends compte que c'est la première fois que j'investis autant d'énergie, d'attention et de temps pour séduire une fille. Normalement, s'il n'y a pas de progrès dans un délai de deux jours, je passe à la prochaine cible. Il doit y avoir quelque chose dans l'air des montagnes qui me fait agir de la sorte.

Je suis surpris quand Blanche m'annonce que nous allons manger au centre commercial. Je ratisse ma mémoire sans visualiser un tel édifice dans ma tête. C'est vrai qu'à mon arrivée, j'ai peu observé le paysage après avoir quitté les limites de Vancouver. J'étais suffisamment en maudit pour ignorer tout sur mon passage et l'idée d'être confiné dans une geôle, sous la supervision de mon aïeul, ne me souriait pas une miette. Après une demi-heure de route, nous arrivons au petit village où demeure mon amie. Elle laisse la Subaru devant un grand bâtiment de brique rouge.

— Ta da! Voici notre centre commercial. Il y a un bureau de poste, un magasin général et la pizzéria.

— C'est tout ?

— Oui. Vingt minutes plus loin, il y a un plus gros village où trouver une épicerie, une quincaillerie, un petit centre médical avec pharmacie et quelques autres services.

– T'as toujours vécu ici ?

– Oui, j'aime les Rocheuses. Je veux aller étudier la médecine à Victoria, comme ça je pourrai demeurer chez ma tante. Ensuite, j'ai l'intention de revenir dans le coin. Même dans les petits villages, les gens ont besoin d'omnipraticiens.

En attendant notre repas, nous jasons de tout et de rien. Plusieurs villageois s'arrêtent pour prendre des nouvelles de Blanche et de ses parents. J'apprends que son père est garde forestier et maire du village, tandis que sa mère est infirmière dans le patelin d'à côté. Inévitablement, nous discutons à voix basse des désastreux événements qui viennent de se produire au mont Renard. Mon amie a un coup de génie pour amasser les fonds nécessaires à la construction du nouveau refuge. Une fois la pizza engloutie, nous nous empressons de retourner chez moi pour partager ce plan avec grand-père Poitras. Dans l'excitation du moment, j'oublie de tenter d'obtenir un baiser dans la voiture. « Wow, j'en reperds vraiment ! »

Nous entrons sans frapper et surprenons mon grand-père, qui soupe en tête à tête avec Tantine Jé ! L'éclairage tamisé et la chandelle au centre de la table nous révèlent la nature de leur rendez-vous. « Pour une fois que ce n'est pas moi qui me fais prendre », me dis-je. À bien y penser, leur souper d'amoureux ne me surprend pas beaucoup. Euclide parle toujours en bien de sa cuisinière. J'ai aussi remarqué que ses yeux s'illuminent lorsqu'il parle d'elle. Une fois tout le monde remis de ses émotions, nous nous assoyons ensemble au salon. Mon amie et moi prenons la causeuse, tandis qu'Euclide et Tantine Jé occupent le divan. Blanche et moi mettons cartes sur table, impatients de convaincre grand-papa Euclide d'essayer notre plan.

— Monsieur Poitras, Cédric me contait que les assurances pourraient prendre du temps à vous verser la prime pour rebâtir le refuge. Je trouve que l'idée du chapiteau est excellente, mais elle ne règle pas le problème. Il faut de l'argent...

— Tu m'apprends rien là, Blanche, sauf que mon petit-fils a une grande gueule !

Je me retiens de passer un commentaire, persuadé que l'idée qui suivra vaut son pesant d'or. Ma copine ne se laisse pas décourager.

— Chicanez-le pas ! J'ai une solution pour ramasser des sous. Vous pourriez organiser une grosse fête, comme au temps de vos beaux-parents. Vos fidèles clients viendraient, on vendrait des boissons et de la nourriture, on recueillerait des dons...

— Grand-papa, on pourrait même organiser des concours de ski et de planche à neige.

— C'est une bonne idée, les jeunes, mais on n'a même pas de quoi acheter une boîte de clous ! Ça va prendre plus qu'une fête !

— Euclide, il y a toujours la possibilité de...

— Non, Jé, tu sais que je ne veux pas !

— Qu'est-ce que tu ne veux pas ?

— Vendre, c't'affaire !

— Euclide ! Je ne parle pas de te départir du mont Renard, mais plutôt de liquider quelques lots... afin qu'une poignée de clients puissent se construire des petits chalets à flanc de montagne.

Grand-père n'oppose pas un non catégorique à l'idée de Tantine Jé, quoiqu'il espère trouver une

Ski, Blanche et avalanche

autre solution. Juste avant que Blanche ne nous quitte, il accepte de mettre mon plan en action. Il va même jusqu'à nous donner carte blanche pour organiser la fête! En deux jours, j'ai réussi à m'impliquer dans deux projets. Me voilà servi, pour un gars qui ne s'intéressait à rien!

CHAPITRE 9

Tout le monde à la rescousse !

Quand le soleil se lève sur la cime du mont Renard, je suis debout depuis longtemps. Grand-papa, Stanislav, quelques employés musclés et moi sommes occupés à ramasser les débris et à les balancer dans deux traîneaux attachés à des motoneiges. Avant de mettre le refuge temporaire debout, il faut commencer par se débarrasser des vestiges de l'édifice incendié. Le froid mord, mais je me réchauffe à la tâche. Dès qu'un traîneau est plein, Euclide ou Stanislav descend au pied de la montagne, où une énorme benne attend les déchets. Puisque le refuge et ses meubles étaient en grande partie faits de bois, il ne reste pas tellement de morceaux. Il nous faut tout de même effectuer l'aller-retour une vingtaine de fois. À la fin de la journée, nous sommes exténués.

Aux petites heures, le matin suivant, je me joins à six hommes chargés d'étaler les poteaux, les cordes, les piquets et la bâche du chapiteau. À l'aide d'une surfaceuse, nous aplanissons un coin de terrain. En trois quarts d'heure, nous érigeons l'immense tente kaki. Tout le cordage est doublé afin de résister aux bourrasques. Par la suite, on recouvre le sol de planches de contre-plaqué. Grâce à des motoneiges et à des traîneaux, nous tirons deux cabines de toilettes chimiques d'en bas jusqu'au sommet! Le chauffage au kérosène et l'éclairage de panneaux photovoltaïques rendent les lieux plus accueillants. Wesley, Jimmy et quelques autres s'affairent à assembler des tables de pique-nique. Lorsque les premiers skieurs arrivent au sommet, le refuge est prêt à les accueillir.

Dès l'ouverture du centre, je me déguise en René le Renard, un bouquet de ballons gonflés à l'hélium d'une main et un écriteau de l'autre. De la musique festive émane du système de son que j'ai installé non loin de moi. La plupart des passants prennent le temps de lire ce qu'il y a sur ma pancarte.

AIDEZ-MOI À REBÂTIR
LE REFUGE DU SOMMET.

VENEZ À LA <u>FÊTE-BÉNÉFICE</u>
QUI AURA LIEU
LE <u>SAMEDI 17 FÉVRIER</u>

MERCI!

Clovis le Carcajou s'arrête et me promet qu'il sera de la partie. Je sais que bon nombre de nos skieurs de semaine se pointeront à l'événement. Toutefois, d'autres clients travaillent. Il faut leur communiquer les détails de la fête avant samedi, pour qu'ils prévoient rester tard ce jour-là. Je parle de ma préoccupation à Blanche pendant ma pause du dîner. Elle me promet d'afficher mon message sur sa page *Facebook* et dans son compte *Twitter*. De plus, elle me suggère de mettre la main sur la liste des abonnés et de leur envoyer des courriels ou de leur téléphoner. Cette approche est excellente, quoique exigeante en temps. Au souper, Euclide m'avise qu'en plus de se lancer dans les préparatifs de la collation, Tantine Jé a joint son cousin, qui travaille à une station radio de Vancouver. Il va faire passer gratuitement une annonce chaque jour, pendant l'émission du midi. De plus, Leah a placardé des affiches dans les divers commerces des deux villages les plus près du centre de ski.

Grand-papa et moi sommes émus de voir à quel point tout le monde semble se mobiliser afin de prêter main-forte à la station de ski en butte à de nouveaux obstacles.

* *
*

Samedi arrive enfin. Heureusement, au lieu du grésil prédit par les météorologues, de gros flocons duveteux flottent dans les airs avant de s'éparpiller au sol. Il y a une affluence record. Les habitués se plaignent de faire la queue un petit deux minutes avant de s'asseoir dans le remonte-pente ! Dans l'Est, je me souviens des nombreuses fois où j'ai dû attendre trois quarts d'heure avant de monter dans un télésiège ou une télécabine. Aujourd'hui, les conditions de glisse sont imbattables ! La joie de vivre règne. Contrairement à l'habitude, nous décidons de diffuser de la musique aux remontées mécaniques, dans le refuge temporaire ainsi que dans le chalet principal. L'ambiance est véritablement à la fête.

Je suis surpris lorsque mon ami Chuyên apparaît, avec deux cousines plus jeunes que nous.

Il m'a bien dit qu'il reviendrait s'il lui restait de l'argent après ses quelques jours à Vancouver, mais c'était il y a déjà longtemps. Mon camarade a entendu l'annonce répétée plusieurs fois à la radio, concernant notre fête-bénéfice. Voilà pourquoi il s'est pointé aujourd'hui. Nous nous donnons rendez-vous pour ma pause du dîner. Je suis heureux que le contact de Tantine Jé ait fait autant de publicité pour notre événement.

De 11 h 30 à midi, nous jasons de tout et de rien. Chuyên m'apprend que, peu après son retour à Ottawa, ses parents l'ont renvoyé de la maison. Je ne sais pas quelle nouvelle bêtise il a pu commettre, mais il ne peut rentrer qu'une fois qu'il aura établi ses priorités et qu'il sera prêt à suivre les règles de la maisonnée.

— Au début, j'ai trouvé ça super! Pas d'école, pas de couvre-feu... mais après un bout de temps, j'en ai eu marre. Je pensais rester chez ma copine, mais ses parents ont catégoriquement refusé. La plupart de mes amis m'accueillaient seulement pour une ou deux nuits...

— Je suis désolé, Chuyên.

— J'pensais pas à toi, Cédric. T'es pas chez toi...

— Mon oncle de Vancouver est prêt à m'héberger pour un certain temps, mais il faut que je travaille pour lui. Il possède une compagnie de nettoyage après sinistre, c'est super exigeant physiquement et... je ne me fais pas payer!

— Ben là, Chuyên! Logé, nourri, ça compte... me semble.

Ma demi-heure de dîner passe rapidement. J'ai à peine le temps d'avaler un sandwich au thon que je dois retourner travailler. Mon ancien complice m'explique qu'il doit partir tôt, à cause de ses petites cousines. Toutefois, il me promet de me tenir davantage au courant de ses décisions ou d'un éventuel retour vers l'Est.

Pas le temps de socialiser davantage, j'ai une montagne de boulot. La fête-bénéfice doit se dérouler sans anicroche. En plus de donner ses leçons de ski habituelles, Blanche fait du bénévolat avec des amies qu'elle a convaincues de venir. Quatre filles de 12e année ont organisé une station où jeunes et jeunes de cœur peuvent se faire maquiller. Le motif le plus populaire est un museau de renard, bien sûr! Pour dédommager les artistes, les parents glissent quelques dollars dans le récipient prévu pour les dons.

De son côté, Clovis Papineau a eu l'initiative d'organiser des courses de ski. Il défie quiconque souhaite se mesurer à lui dans une épreuve de vitesse, sur la piste la plus abrupte. Tout concurrent doit déposer vingt dollars. S'il gagne, il multiplie sa mise par cinq. Beaucoup d'adolescents téméraires mangent de la neige quand Clovis les dépasse après quelques virages. Il connaît la piste *Le Carcajou* comme nul autre; après tout, cette descente double noire a été baptisée en son honneur. Les jeunes sont déconfits de se faire donner une leçon par un homme aussi âgé. Ils ignorent que Clovis Le Carcajou est un ancien skieur olympique! J'estime que le champion empochera plusieurs centaines de dollars pour nous, en un temps record.

Les véritables festivités commencent quand la journée de glisse tire à sa fin. Nous montons le volume de la musique. Stanislav gère un bar payant. Tantine Jé vend de succulentes collations.

Leah et le docteur Labonté s'affairent à vendre des billets de tirage 50/50. Une multitude de skieuses dansent sur les rythmes entraînants. Un homme chauve et obèse offre 100 dollars pour une valse avec René le Renard. Je marche sur mon orgueil, puis cours me cacher sous mon costume de mascotte afin d'aller pirouetter au vu et au su de tous. J'espère que Blanche n'est pas trop jalouse! Au moins, sauf les employés, personne ne sait que c'est moi qui danse un *slow* avec cet étrange monsieur.

Quand sonne 19 h, l'ensemble des jeunes familles part. Étant donné l'absence de logements dans les parages, les fêtards doivent parcourir des kilomètres pour regagner leur lit. Après le départ des enfants, les réjouissances se poursuivent. Plusieurs personnes d'un certain âge vont chercher des instruments de musique dans leurs voitures. En quelques minutes, un orchestre improvisé se forme, avec deux violoneux, trois guitaristes, un accordéoniste et quatre joueurs de cuillères. Deux femmes et un homme se mettent à chanter. Ce n'est pas le type de musique auquel je suis habitué, même mes parents (qui sont vieux) n'écoutent pas ça. Le docteur Labonté m'explique qu'il s'agit de *reel*, de *Paul Jones* et de chansons à répondre. Je dois admettre que cette musique folklorique est très entraînante. Environ 200 personnes dansent des sets carrés et des gigues. En peu de temps, on m'entraîne dans la ronde. Heureusement, je ne porte plus le costume de René le Renard. La chaleur et l'odeur de ma transpiration seraient insoutenables!

Vers les 23 h, pendant que l'on commence à tout ranger, Blanche me prend à part. Je la suis derrière une touffe de sapins, non loin du chalet principal.

— On a réussi, Cédric. Avec l'argent ramassé aujourd'hui, ton grand-père aura de quoi acheter des clous et peut-être même des planches!

— T'es superbe, Blanche. T'as vraiment eu un coup de génie.

— Merci, mais je n'aurais pas pu faire tout ça sans ton aide.

— Hum... Maintenant que j'y pense, nous n'avons jamais terminé notre souper à la pizzéria...

— Comment ça?

— On n'a pas eu de dessert.

Je l'enlace et je pose mes lèvres sur les siennes. Elle ne me repousse pas, me serre à son tour et m'embrasse tendrement.

CHAPITRE 10

Deux têtes dures

C'est la première fois que mon grand-père me laisse les clés de sa camionnette. Je me surprends d'être si excité à l'idée de m'asseoir au volant d'un *pick-up* dont la rouille gruge le tour des ailes. Depuis de nombreux mois, je suis quasi-prisonnier du mont Renard. Comme tout est loin, partir à pied n'est pas envisageable. Pas non plus de transport en commun dans un coin si reculé. Aujourd'hui, grand-papa Poitras me prête sa Dodge pour que je me rende à la clinique, à deux villages de distance de la montagne. Le docteur Labonté veut me revoir, maintenant que je ne ressens plus de douleur aux côtes.

Une fois installé à la place du conducteur, j'observe le système de son. « Merde, un lecteur cassette ! » Déçu, je cherche une station radio à syntoniser. Au bout de deux minutes, j'en déniche une qui offre une réception acceptable. « Ça devra faire l'affaire », me dis-je, en plaçant le bras de la transmission à D.

Le chemin est beau et sec, car il n'y a pas eu de neige depuis la fête-bénéfice. Nous avons eu quelques journées où le mercure a monté et la neige a commencé à fondre au pied des pentes. Euclide m'a pourtant dit que février est généralement le plus beau mois pour les sports de glisse. Si le temps continue à se réchauffer, il faudra passer aux grands moyens pour préserver la surface. Puisque les canons à neige artificielle ne fonctionnent pas s'il fait plus de 0 °C, on optera pour l'avalanche contrôlée. Ça doit comporter des risques, j'ai hâte de voir...

Enfin, j'arrive à la clinique et je me présente à la réceptionniste. Après m'avoir invité à m'asseoir, elle me promet que ça ne sera pas trop long. À moitié écrasé dans une chaise de plastique vert menthe, je bâille aux corneilles. Mon boulot, mes études, les ennuis au centre de ski et ma relation avec Blanche vont finir par m'épuiser. Je n'ai pas beaucoup de temps pour moi. Sans oublier que mes heures de sommeil sont de plus en plus écourtées. Grand-papa commence à me trouver utile et il m'assigne continuellement de nouvelles tâches, qui doivent toujours être accomplies tôt le matin.

Afin de combattre la fatigue qui m'afflige, je fouille dans la pile de revues qui est placée sur une table à ma gauche. Il n'y a que des magazines de chasse et pêche ou de cuisine. Avant que je tranche, la réceptionniste m'interpelle.

— Cédric Poitras, veuillez me suivre.

Cette dame me mène au bout du couloir, puis nous tournons à droite avant d'arriver à une pièce minuscule. Là, une infirmière me donne une robe d'hôpital et m'ordonne de me changer.

— Tu vas passer des rayons X, puis tu vas rencontrer le docteur Labonté pour ton examen.

Après trois radiographies, une de face et deux de profil, l'infirmière me guide vers une salle de consultation à l'avant de l'édifice. Je n'aime pas me promener ainsi vêtu dans le couloir. Contrairement à mon costume de mascotte, pourvu d'un masque, cette tenue permet à tout le monde de m'identifier. Ces satanées robes d'hôpital ouvertes à l'arrière n'autorisent pas beaucoup de dignité. D'une main, j'en tiens le dos fermé et de l'autre, je transporte mon paquet de vêtements.

Je prends place sur la table d'examen. L'infirmière affiche les trois radiographies sur le tableau illuminé accroché au mur, au-dessus du petit bureau, face à la table sur laquelle je pose les fesses. Puis, le docteur entre.

— Les pellicules sont là, dit l'infirmière en les montrant du doigt.

— Merci, garde Lamontagne.

L'infirmière sort en prenant soin de fermer la porte derrière elle. « Garde Lamontagne ? Dans un petit village, il ne doit pas y en avoir cinquante… »

— Alors, que penses-tu de ta belle-mère ? blague le docteur Labonté.

— Elle m'a vu presque tout nu !

Le médecin se met à rire. Il ajoute que les professionnels de la santé ne s'émeuvent pas de voir un ado en sous-vêtements et en robe d'hôpital.

— Peut-être, mais elle en a vu plus que Blanche. Pis ça, c'est pas normal !

— Faut patienter pour les bonnes choses, Cédric.

— …

— Bon, passons à la raison de ta visite. Regarde ces radiographies. Toutes les côtes sont bien alignées. Il n'y a pas de marque de fracture ou même de fêlure. Bref, ça semble très beau.

L'omnipraticien me tâte les flancs afin de déceler de l'inflammation.

— Ça fait mal quand j'applique de la pression ?

— Je ne sens rien de spécial.

— Eh bien, Cédric, j'ai une bonne nouvelle : t'es guéri. Tu vas pouvoir profiter du reste de la saison de ski ! Sois prudent, tes côtes demeurent fragiles.

— Yé ! C'était de la véritable torture de regarder tout le monde s'amuser sur les pistes et de ne pas pouvoir en profiter. Au moins, il reste quelques semaines à la saison.

— Tu peux en mettre plus que ça. Ici, ce n'est pas rare que la saison s'étire jusqu'en mai ! C'est l'avantage de l'altitude et du glacier au sommet. Il y a des journées où tu peux faire du ski alpin en haut et du ski nautique au pied des Rocheuses.

— J'aimerais bien essayer ça !

— Parles-en à Euclide, il est souvent le premier à sauter dans le lac derrière chez moi.

Le docteur doit voir d'autres patients. Il me dit au revoir et me souhaite une bonne journée. Illico presto, je remets mes fringues, puis je quitte la clinique. Grand-père m'attend sans doute avec une liste de corvées. Pendant ma pause, je prévois terminer un projet d'anglais et rattraper mon retard dans mes lectures d'introduction aux sciences humaines. Une fête et une copine, ça bouffe du temps !

* *

*

Le surlendemain, le mercure a baissé. En fin de journée, nous recevons une quinzaine de centimètres de neige collante. Tout le monde jubile. Pour les amateurs, la neige est toujours bienvenue. Grand-père Poitras m'offre de finir deux heures plus tôt afin de profiter des pistes. Je ne me fais pas prier. En un temps record, j'endosse ma combinaison de ski et je boucle mes bottes. En approchant du remonte-pente, je salue Jimmy, le responsable. Puis, une voix derrière moi demande si je veux de la compagnie. Avant que je puisse répondre, Blanche prend place à côté de moi et nous commençons notre montée.

— Je suis contente que tu puisses skier à nouveau. Ça tombe bien, je n'ai pas d'autres leçons à l'horaire pour aujourd'hui. Nous pouvons skier ensemble.

— Oui, on est dus pour une *date*.

Notre première descente, je la prends mollo. Dès la seconde, je reprends confiance et j'accélère. Après tout, ce serait dur pour l'ego de voir Blanche obligée de m'attendre. Mes côtes ne me font pas souffrir et je m'en réjouis. Nous dévalons une variété de pistes jusqu'à la fermeture des télésièges. « Ça vaut la peine de travailler comme un forcené pour grand-papa. Des gens de partout dans le monde déboursent une petite fortune pour s'offrir une semaine de ski dans l'Ouest, tandis que moi, j'ai la chance d'en profiter toute la saison. Belle punition qu'on m'impose là ! »

Après avoir rangé nos skis, Blanche et moi montons au logement. Grand-papa nous offre une tasse de chocolat chaud et des barres granolas maison (gracieuseté de Tantine Jé). Il nous explique que le souper sera retardé, car il a une rencontre.

– Avec les Jamieson pour la vente ?

– Comment est-ce que tu sais ça, toi ?

« Merde, j'étais présent quand grand-père a parlé de vendre des lots avec Tantine Jé, mais la discussion avec les promoteurs, c'était confidentiel... Bon, aussi bien être honnête. »

– Quand le couple d'acheteurs est venu, j'étais dans ma chambre et je vous ai entendus tous les trois. T'as refusé une grosse offre.

– Comme ça, t'écoutes aux portes maintenant !

– Vous parliez fort et j'étais à côté, dans ma chambre. Tu ne vas quand même pas me blâmer pour la mauvaise isolation du chalet contre le bruit ! Bon, viens Blanche, on s'en va !

Ma copine nous regarde d'un air perplexe. Visiblement, elle ne veut pas prendre parti dans cette querelle.

– Sais-tu, je vais aller souper avec mes parents. J'ai des devoirs pour demain...

Je suis déçu de la voir partir, mais je comprends son dilemme. Je pars donc seul. En sortant, j'agrippe mes raquettes et je me dirige vers la montagne. Je me promène presque deux heures avant de revenir. En voyant de la lumière chez nous, je me dis qu'Euclide est de retour de son rendez-vous au café du village. Comme je n'ai pas envie de le voir, je me dirige vers le chalet principal. La faim me tenaille et je sais que là, assurément, je trouverai de quoi me mettre sous la dent.

Étant donné qu'il n'y a jamais de restes, je n'ai pas accès à des mets préparés. En effet, grand-père a instauré une politique selon laquelle Tantine Jé donne les restes de nourriture au centre communautaire, qui les offre à son tour aux plus démunis.

Je me contente d'une omelette toute simple et je m'installe dans la cafétéria. C'est étrange d'être dans cette grande salle, sans personne d'autre. Rien ne perturbe le silence, sauf le ronronnement du système de chauffage et le cliquetis de la machine à glace. Une fois mon repas terminé, je réfléchis à l'endroit où je dormirai. Opterai-je pour la cafétéria ou tenterai-je de me faufiler dans l'infirmerie ? Finalement, je choisis la seconde option, me disant qu'une civière sera sans doute plus confortable qu'un plancher de bois.

Nul besoin de me glisser en douce chez moi pour aller faire ma toilette le matin. Dès que j'en approche après ma nuit de camping improvisé, grand-papa m'ouvre la porte. Il me fait signe de le suivre, puis nous montons au salon.

— Écoute Cédric... j'ai mal réagi. J'en suis désolé. Cependant... tu dois comprendre que les finances du mont Renard ne concernent que moi.

— Je ne pense pas que Blanche va crier sur tous les toits que t'as eu une offre d'achat...

— T'as sans doute raison... mais... c'est un sujet délicat. Dès qu'il est question de beaucoup d'argent, l'humain change de caractère. Crois-moi, j'ai souvent vu ça pendant ma carrière dans la GRC. Certains agents ont foutu leur avenir en l'air pour bien moins qu'un million de dollars...

— Donc, dix millions, ça risque de tenter encore plus de monde.

— Exactement. De plus, pour être bien franc, je ne veux pas vendre tant que je suis encore jeune. Je sais qu'accepter l'offre des Jamieson représente la solution facile, surtout avec tous les ennuis qu'on a eus récemment. Par contre, si je vends, il n'y a aucune garantie que mes employés seront embauchés par les nouveaux propriétaires. Je peux encore gérer le site, pas question de penser juste à moi.

— Et si c'était une condition pour la vente...

— Préserver les emplois ? J'ai essayé, mais c'est non. Tu sais, Cédric, le mont Renard est un des seuls centres de ski de type familial qui reste. Tous les autres ont été engloutis par des conglomérats. Se départir de la station, c'est effacer tout le travail qu'ont accompli tes arrière-grands-parents et moi, avec ta grand-mère.

Mon grand-père avance de bons arguments, auxquels je n'avais pas pensé. Quand j'ai entendu les Jamieson faire miroiter la somme de dix millions de dollars, j'ai immédiatement sauté sur mes skis, sans examiner d'abord la piste d'atterrissage. Maintenant, je comprends mieux l'attachement de mon grand-père pour le mont Renard.

CHAPITRE 11

Fausse alerte et maux de cœur

J'aide Stanislav à construire des sauts et des bosses dans la neige. Chaque année, de petites compétitions d'adresse se déroulent ici, la dernière semaine de février. Une foule d'amateurs s'y inscrivent, de Vancouver jusqu'au mont Renard. Il est réconfortant de savoir qu'une bonne partie des obstacles peuvent être faits à la machine. Toutefois, beaucoup de travail doit s'effectuer manuellement. L'expert ne cesse de me faire recommencer. En effet, Stanislav mesure les structures de neige que j'ai assemblées. Si elles sont un millimètre trop grosses, trop petites ou trop croches, il les détruit de deux ou trois coups de pelle.

— Qui va voir la différence en passant dessus à vive allure ?

L'homme de confiance de mon grand-père fait la sourde oreille à chacun de mes commentaires. Donc, j'apprends à me taire et à être plus minutieux. Malgré que le mercure reste en dessous des -15 °C, je crève de chaleur. La sueur me coule sur le dos, avec tout l'effort physique que je dois fournir. Blanche passe souvent pour m'apporter de la limonade dans une gourde. Quand elle arrive, Stanislav m'accorde une petite pause ; sinon, je dois travailler du matin au dîner, puis du dîner à la fermeture de la station. Heureusement, nous progressons. En cette troisième journée de dur labeur sous la poigne de fer de Stanislav, je prévois que, par le soir, nous devrions avoir tout complété. J'essaie de ne pas penser au fait que le produit de cette corvée éreintante ne servira qu'une fois. Dès la fin de la compétition, les surfaceuses aplatiront tous les monticules !

* *
*

Enfin, le 28 février arrive, jour de la compétition. Nombre de participants sont inscrits dans les trois catégories : junior, sénior et «demandez-moi pas mon âge ! ». Il y a bien sûr une division pour les femmes et une autre pour les hommes. Plusieurs coureurs en sont à leur première participation, des membres de leur famille ou des amis les ayant convaincus de s'inscrire. Il y a de la frénésie dans l'air.

Chaque concurrent doit débourser 50 dollars, dont 80 % ira au gagnant et à la gagnante dans chaque catégorie. Mon travail ce matin est de gérer la table d'inscription, de recueillir l'argent et de remettre les dossards numérotés aux compétiteurs, puis de m'assurer que les cotisations parviennent à mon grand-père, qui doit bien sûr signer les chèques des vainqueurs. Une fois que je lui aurai remis l'enveloppe, il me faudra courir enfiler le costume de René le Renard afin de saluer la foule et d'encourager les concurrents. Pour une fois, la perspective de me déguiser me plaît. Le mercure a chuté, le vent du nord fouette bien fort et l'épais costume de peluche me gardera bien au chaud. Je ne me doute pas encore que deux incidents viendront pimenter l'événement : l'un m'angoissera passablement, puisque lié directement à mes responsabilités. L'autre affectera surtout Tantine Jé et son équipe.

Entre la fin de mon boulot aux inscriptions et le début de ma séance de mascotte, je ne trouve pas mon grand-père. Je me précipite donc au vestiaire pour entrer dans la peau de René. Vers la fin des courses, grand-papa vient me chercher. Il veut signer les chèques immédiatement, car la cérémonie de remise des prix débute sous peu, étant donné qu'il n'y a que quatre participants chez les «demandez-moi pas mon âge!». Pétrifié, je me rends compte que je n'ai pas l'argent.

— Niaise-moi pas Cédric, où est le montant?

— Je l'avais... l'enveloppe doit être au vestiaire... je l'espère.

— Moi, aussi je l'espère, il y a pas mal en jeu. Il ne faudrait pas que ça sorte de notre budget d'opération...

— On va la trouver!

Les clients doivent être surpris de voir une mascotte sprinter du bureau vers La Tanière. Le vestiaire est vide. Je regarde sous les bancs : rien. J'ouvre mon casier : vide. Venu derrière moi, grand-père ouvre la porte de l'armoire où l'on range le costume de renard : pas d'argent. Mon cœur bat très fort. Le stress, la chaleur de la pièce et celle du costume m'étourdissent. J'enlève l'épaisse peluche.

— On va retourner sur tes pas.

— OK, grand-papa.

De la table d'inscription au chalet, du chalet au pied de la piste où se déroule la compétition... Nous effectuons le parcours trois fois.

— Bon, on sait combien on avait de participants dans chaque catégorie et combien ça coûtait pour s'inscrire. Je vais préparer les chèques pendant que toi, tu continues à fouiller.

Sans mon déguisement, je passe davantage inaperçu, enfin... j'attire moins l'attention. Je ne veux pas affoler les gens. Chaque fois que je croise un collègue, je lui demande discrètement s'il a trouvé une grosse enveloppe jaune. Les réponses me désolent. J'envisage de rembourser Euclide à même mon salaire. Finalement, je croise Leah, la patrouilleuse qui, devant mon air déconfit, me demande si ça va.

— Non, pas du tout. J'ai perdu tout l'argent des inscriptions!

— Elle était dans quoi, cette fortune?

— Une grosse enveloppe jaune.

— J'en ai trouvé une sur le plancher du vestiaire, ce matin. Je l'ai mise dans mon casier, en attendant de trouver à qui elle appartenait.

Voilà! J'ai dû l'échapper en courant me changer. Leah vient de me sauver la vie. Au pas de course, nous nous rendons sur les lieux de ma maladresse. La secouriste s'empresse d'entrer la combinaison de son cadenas. L'enveloppe est bel et bien là et une avalanche de soulagement s'abat sur moi. Je ne peux m'empêcher d'enlacer ma bienfaitrice. Peu après, je remets nos recettes à mon grand-père. Ce premier problème est réglé.

*   *

*

Une fois toutes les épreuves terminées, nous réunissons les participants ainsi que les spectateurs devant le grand chalet, où grand-papa procède à la remise des prix. Il y a plusieurs nouveaux gagnants et quelques anciens qui ont bien défendu leur titre. Parmi ces derniers, Clovis Papineau demeure indétrônable. Après la photo de groupe des champions, c'est le temps de festoyer. Nous lançons la musique et nous servons une collation, accompagnée d'un chocolat chaud et d'un punch pétillant, sans alcool. Disons que je suis déçu... Malgré cet inconvénient mineur, les gens semblent bien s'amuser. Un journaliste de l'hebdomadaire local prend des photos. Ce membre de la presse va composer un superbe article à propos de la compétition et de la fête.

Peu après s'être restaurés, les gens se mettent à se plaindre de crampes à l'estomac. Certains s'immobilisent, pliés en deux, d'autres se bousculent vers les toilettes. En quelques minutes, les festivités tombent à plat. On se croirait dans un film d'horreur, où les gens sont possédés ou se transforment en zombies. Le docteur Labonté, présent avec sa famille, reconnaît immédiatement les symptômes d'un empoisonnement alimentaire. Lui-même ayant été épargné, il se met à la disposition des malades et prescrit aux affligés de boire de l'eau en grande quantité.

Au bout de deux heures, les clients sont tous partis. Au moins cinq ont été emmenés en ambulance tandis que ceux qui reprenaient du poil de la bête sont retournés chez eux. Curieux, je désire savoir à tout prix ce qui a causé ce fléau. Fort occupé, je n'ai heureusement pas eu le temps de passer à la table des victuailles. Je me dis que, logiquement, l'empoisonnement a dû venir d'un des mets qu'on servait. Les biscuits à la farine d'avoine et aux raisins paraissaient pourtant appétissants. Je songe au chocolat chaud, toutefois je me dis qu'il ne peut pas être à la source de l'empoisonnement, car l'eau a bouilli. Je trempe les lèvres dans le punch, auquel je trouve un goût particulier. Il n'est pas mauvais, mais quelque chose cloche. Je me demande si mes papilles jouent les difficiles. Pour vérifier, j'apporte mon verre à grand-papa et à Tantine Jé et les invite à y goûter eux aussi.

— Ça ne goûte pas comme d'habitude ! s'exclame grand-père Poitras.

— Ce n'est pas mon punch ! s'écrie la cuisinière.

CHAPITRE 12

La tentatrice

Ce mardi matin, une belle journée s'annonce. Le soleil s'élève au-dessus des montagnes et ses rayons font scintiller les branches givrées des arbres. Déjà, les employés s'acquittent de leurs tâches afin d'offrir le meilleur service possible aux clients qui se pointeront dans quelques heures. Je suis occupé à fendre du bois derrière le chalet principal et ensuite, je rentrerai les bûches. Depuis mon arrivée au mont Renard, mon maniement de hache s'est amélioré. Maintenant, je manque rarement ma cible et je peux même fendre le bois assez petit pour le transformer en éclisses. Normalement, j'y mettrais plus de temps ; toutefois, le refuge temporaire n'est pas chauffé au bois, ce qui réduit d'autant la quantité à couper et à corder.

Les semaines de relâche scolaire se succèdent un peu partout au pays et notre station de ski devient plus occupée, même si nous n'offrons pas le gîte. Les gens viennent rarement plus d'un ou deux jours, mais ça compte. Je trouve super l'afflux de jeunes des écoles secondaires, des collèges et des universités et je saisis l'occasion de parler davantage avec des gens de mon âge. Il faut dire qu'à part Blanche, je n'ai pas tissé de liens avec les autres jeunes employés du mont Renard. Aujourd'hui, je fais une jolie rencontre.

Une rouquine se présente au comptoir de location, elle a des ennuis avec les fixations de sa planche à neige. Par un heureux hasard, j'y aide Wesley. En un tour de main, j'ajuste les fixations avec un tournevis en étoile.

— Bon, ça devrait aller. Si t'as d'autres problèmes, n'hésite pas à repasser, lui dis-je, en anglais.

— *I will, thank you.*

Cette jeune beauté a des yeux scintillants et une chevelure de feu. Je la trouve bien attirante.

Plus tard dans la matinée, j'ai deux heures de pause. J'en profite pour aller tracer quelques « S » sur les pistes. Je ne sais pas si c'est un signe de Dieu ou quoi, mais je me retrouve à partager la chaise du remonte-pente avec ma jolie anglophone. Nous nous mettons à parler un peu. Elle se nomme Sarah et passe la journée au centre avec sa famille. Sa mère vient de s'arrêter au chalet avec son petit frère qui se plaint du froid. Désireuse d'en profiter pour faire quelques descentes plus abruptes, elle a promis de rentrer dans une heure. Galamment, je lui propose ma compagnie, dans la langue de Shakespeare :

— Veux-tu que l'on descende ensemble ? Je peux te montrer les pistes raides.

— *That would be great!*

Sarah a un très bon équilibre. Elle descend rapidement, tout en effectuant de larges virages. Les conditions sont excellentes. Nous nous amusons grandement. À chaque remontée, nous faisons plus ample connaissance. J'apprends que les O'Brien viennent de Regina. Dès le début de l'hiver, la famille planifie une série de voyages de ski et de planche, car les montagnes ne foisonnent pas dans les Prairies. Des escapades de fin de semaine et deux longs séjours à Noël et pendant la relâche figurent au menu de la famille saskatchewannaise. Au beau milieu de la conversation, Sarah regarde sa montre et s'exclame, avant de me dire qu'elle doit me quitter en vitesse. Sa mère, « Madame Ponctualité », n'appréciera pas qu'elle arrive en retard. Avant de se diriger vers le chalet, elle m'avise qu'elle sera de retour vendredi et qu'elle aimerait bien passer davantage de temps avec moi, si c'est possible. Je lui réponds que ça me fera plaisir.

— Vraiment ? dit une voix que je reconnais immédiatement.

Je tente maladroitement de me justifier :

— Blanche ! On a juste essayé des pistes expertes ensemble. Sarah est vraiment douée.

— C'est ça, dès que j'ai le dos tourné, tu dragues les touristes ! J'aurais dû m'y attendre !

— Écoute... Je ne veux pas de chicane, surtout pas devant plein de monde. Il ne s'est rien passé. Moi, je n'imagine pas des choses et je ne pique pas une crise chaque fois que tu donnes une leçon de ski à un beau bonhomme... Alors... sacre-moi patience !

Sarah voit bien qu'on se dispute et semble extrêmement mal à l'aise.

— Je ne veux pas te causer d'ennuis avec ta copine, murmure-t-elle en anglais.

— Ne t'inquiète pas, c'est juste une amie.

Nous nous souhaitons une bonne fin de journée, puis nous partons chacun de notre côté, elle, vers la cafétéria rejoindre sa famille et moi, vers ma demeure. Plus de Blanche à l'horizon.

Entre les pentes et la maison, je pense à mon altercation avec mon amie. « C'est beau la confiance... me dis-je. Là, je découvre un côté de Blanche que je n'aime pas trop. Pour qui se prend-elle ? Après tout, ce n'est pas comme si on était mariés. Un rendez-vous à la pizzéria, deux ou trois becs... ce n'est pas une déclaration d'amour non plus. »

Je retourne travailler plus tôt. La scène avec la monitrice de ski m'enlève le goût de m'amuser. Après avoir rangé mon équipement, je me rends à la cuisine. J'aide Tantine Jé à laver la vaisselle, maintenant que le dîner est terminé. La besogne de plongeur n'est pas idéale pour me changer les idées, la pile de vaisselle ne contenant aucun objet tranchant et donc, le risque de me blesser demeurant nul. Sans obligation de se concentrer, mon cerveau bénéficie d'amplement de temps pour disséquer et analyser la situation. Tantine Jé s'aperçoit que je suis en train de ruminer. Elle vient me voir et me demande ce qui me tracasse.

— Je skiais avec une jolie touriste. Puis, Blanche est arrivée, elle s'est fâchée. J'ai rien fait...

— Ah, la jalousie... quelle malheureuse invention humaine ! Tu sais Cédric, le temps aide souvent à replacer les esprits. Si t'as été honnête, t'auras pas de problème. Cependant, si la touriste t'intéresse vraiment, niaise pas avec la lionne !

Je ne peux m'empêcher de rire à l'image de Blanche en fauve prêt à bondir.

Durant les jours qui suivent, Blanche m'évite comme un diabétique qui presse le pas devant une confiserie. « Tant pis pour elle », me dis-je. Mon grand-père me conseille de m'excuser. Il n'en est pas question. Après tout, elle est dans le tort. Réagir trop vite, c'est mauvais ça aussi.

— Tu sais, Cédric, une excuse bien placée achète la paix dans un ménage, me dit-il un matin en déjeunant.

— Peut-être, mais... c'est malhonnête.

— Hé bonhomme, mon petit-fils est devenu un croisé de l'honnêteté !

— ... bien... je fais des efforts. Ah ! pis laisse-moi tranquille.

Grand-papa Euclide rit aux éclats. Toujours frustré, je descends au service de location pour vaporiser les bottes avec le sent-bon.

Lorsque vendredi arrive, je suis excité : Sarah doit revenir. Heureusement, grand-père Poitras m'alloue une demi-journée de liberté, à condition que je compense le samedi. Comme mon patron est accommodant, je le suis aussi. Je suis encore occupé à saluer les enfants en tant que René le Renard au moment où je vois la rouquine descendre de voiture avec sa mère et son petit frère. Impensable d'aborder la belle Sarah. René doit demeurer muet et, d'ailleurs, le costume de mascotte n'est pas particulièrement sexy ! D'une manière ou d'une autre, je dois travailler jusqu'au dîner. Quand la fille que je reluque vient pour s'asseoir dans le télésiège, Jimmy lui glisse un bout de papier. Disons que je suis satisfait de ma stratégie. Discrètement, la planchiste lit ma note. Voilà, elle sait où me rencontrer pour dévaler les pentes cet après-midi.

Blanche passe avec une ribambelle d'enfants. Je suppose qu'elle leur a demandé de frapper la mascotte, car je reçois une dizaine de coups de bâton ! « La maudite ! » J'avale goulûment une lasagne, bois d'un trait le contenu d'un berlingot de lait et me lance à la recherche de Sarah sans prendre le temps de digérer. Dès que j'aperçois son manteau, je m'empresse de la rejoindre. Je la salue avec un peu trop d'entrain, oubliant d'afficher une indifférence de bon aloi.

— *Hi*, Sarah !

— Bonjour, Cédric, j'ai reçu ta note, me répond-elle en anglais.

— Ouais… Fallait que je travaille ce matin, mais j'ai tout l'après-midi de libre.

— *Fantastic* !

Nous nous dirigeons vers le télésiège. Comme nous sommes seuls, Sarah se love contre moi. Alors, je passe un bras habile autour de ses épaules. S'embrasser en casque et lunettes de ski dans un remonte-pente n'est pas ce qu'il y a de plus facile, mais c'est faisable !

Je passe un superbe après-midi. Nous explorons la montagne. Je lui fais découvrir certains coins bien à l'abri des regards indiscrets. La Saskatchewannaise et moi avons définitivement des atomes crochus. À la fin de la journée, je m'empresse de prendre une douche chaude et des comprimés contre le rhume, car je crains de tomber malade après tant de temps étendu dans la neige…

* *

*

Depuis une demi-heure, je m'affaire à réviser mes notes pour mon test de lundi. Quelqu'un sonne à la porte. J'attends un instant, croyant que grand-père Poitras va répondre. Quand j'entends le timbre une seconde fois, je me lève. Grand-papa doit être sorti. Blanche m'attend sur le seuil. Je la fais entrer. Elle a les yeux bouffis, comme quelqu'un qui vient de pleurer.

— Cédric, on doit se parler.

— OK.

— J'm'excuse de ma crise de jalousie. Je pensais qu'on était officiellement ensemble...

— Blanche, me semble qu'on aurait passé plus de temps juste tous les deux, si on avait formé un couple. Les sessions de tutorat, ça ne compte pas comme des *dates*.

— T'as raison, je n'ai pas trop d'expérience là-dedans.

— Écoute, on peut réessayer pis voir comment ça ira...

Grand-papa arrive sur les entrefaites. En entrant, il nous annonce que, selon Leah, des gens se sont envoyés en l'air dans la neige, près de la piste *Le Lynx*.

— Je me souviens du temps où ta grand-mère et moi allions nous amuser dans les bancs de neige...

Blanche remarque mon regard de torpeur.

— C'était toi! N'est-ce pas?

— Écoute Blanche...

— Non, je ne peux pas croire que j'ai été assez idiote pour venir m'excuser, quand toi, tu te fiches complètement de moi et tu profites de toutes les occasions pour fréquenter une... une planchiste! lâche-t-elle avec dédain.

Blanche claque la porte en sortant. Grand-père me regarde, puis il monte, ayant sans doute jugé que je préfère être seul. Il a bien raison.

Je m'habille, j'enfonce ma tuque Roots sur ma tête et j'enfouis mes mains dans mes poches. Je suis en maudit. Au pied du mont Renard, je n'ai pas une foule d'endroits où aller, surtout sans véhicule. Je fonce vers La Tanière. Une fois à l'intérieur, je me dirige vers le bar. Les armoires sont verrouillées. Malheureusement, ma clé de frappe n'a pas voyagé dans l'Ouest avec moi. Cependant, en fouillant un peu, je mets la main sur un tournevis et je réussis à faire sauter les pentures. Je saisis une bouteille de gin et je m'assois par terre, le dos contre l'armoire. Est-ce que j'ai vraiment gâché ma relation avec Blanche ? Je me le demande avant de prendre une lampée du liquide incolore qui me brûle le gosier. Sarah, je ne la reverrai probablement plus… Mais… c'était bien amusant.

Le temps s'écoule moins rapidement que le contenu de la bouteille. Je suis déchiré. D'un côté, je me demande si je sabote tout dans ma vie. De l'autre, je tente de me convaincre que je fais bien de profiter de ma jeunesse. Pourquoi m'en faire avec la crise de Blanche ? Après tout, si elle n'est pas assez mature pour vivre une relation d'adulte… eh bien… qu'elle aille voir ailleurs ! J'ai chaud. Mon ouïe se raffine à mesure que ma vision s'embrouille. Je sursaute à quelques reprises au son de ma voix. Mes plaintes et mes constatations dépassent mes pensées. Je verbalise beaucoup, tout d'un coup.

— À six dollars l'once, tu me dois toute une facture !

Comment se peut-il que je n'aie pas entendu mon grand-père entrer ? Il vient s'asseoir à mes côtés et prend la bouteille que je tiens entre mes doigts crispés sur le verre. Il examine ce qu'il reste en brassant légèrement le récipient. Puis, il porte le goulot à ses lèvres et avale d'un trait le reste du gin.

— Écoute Cédric, j'ai trompé ta grand-mère une fois. Je le regrette toujours. Elle m'aimait tellement qu'elle a pu tolérer mon infidélité. Je sais que t'es pas tout à fait dans la même situation, vous n'étiez pas vraiment en couple, mais il y a quand même un lien solide entre vous deux, non ?

Je lui réponds en bafouillant, surpris de chercher autant mes mots :

— On ne se par... parlait plus depuis... un bon... bon bout de... temps.

— D'accord, mais vous n'aviez pas mis les points sur les « i » et les barres sur les « t », comme Évelyne l'aurait dit.

Je suis trop *magané* pour réfléchir et pour continuer à parler. Grand-papa Euclide m'aide à me rendre à ma chambre. Avant de me laisser, il place un verre rempli d'eau sur la table de chevet et il me souhaite de bien dormir, car je dois être en forme pour ma longue journée du samedi.

CHAPITRE 13

Le sabotage

Blanche n'est pas revenue depuis notre dispute. Selon la rumeur, elle s'est déniché quelque chose à la clinique où travaille sa mère. Je trouve vraiment *poche* qu'elle ait abandonné l'emploi qu'elle aimait à cause de moi. En tout cas, je n'arriverai jamais à comprendre le sexe opposé. Tant pis, on se voyait rarement et la saison tire à sa fin. Depuis cette soirée où je me suis sérieusement *paqueté la fraise*, je n'ai pas retouché à une goutte d'alcool. Le lendemain matin, grand-père m'a envoyé à la cuisine, couper du poisson cru et laver des crustacés pour une recette de bouillabaisse. Les odeurs n'ont pas fait bon ménage avec la copieuse rasade de gin que j'avais ingérée la veille. Chaque fois que je commets une bêtise, grand-papa Euclide trouve une façon sournoise de me punir. Il est aussi futé qu'un renard, je pense.

Un samedi matin gris où le mercure oscille autour de -25 °C, de nombreux sportifs profitent déjà de la grande qualité de la neige. Beaucoup prennent des pauses photos, car le panorama est, comme toujours, à couper le souffle. Les gens de l'Ouest, habitués à skier quand il fait plus chaud, viennent se réchauffer à l'intérieur plus fréquemment. Tantine Jé vend un nombre record de chocolats chauds, de thés et de cafés. Les ennuis débutent à 10 h 07, quand une panne d'électricité frappe La Tanière. Étrangement, les télésièges fonctionnent toujours et il y a encore du courant électrique dans l'autre chalet. Vers 10 h 18, l'unique remontée mécanique débrayable, notre chaise quadruple, cesse de bouger. Finalement, vers 11 h 13, tous les autres remonte-pentes s'immobilisent. Grandpapa n'a jamais vu une panne arriver ainsi.

Dans la cafétéria, Tantine Jé et d'autres employés s'affairent à ouvrir les rideaux pour faire entrer la lumière. Toutefois, le manque de soleil n'aide pas beaucoup. Au-dessus de chaque porte, des lumières à batteries émettent une faible lueur. Dans la cuisine, on allume des bougies et, bien entendu, on met fin au service. Comme le chauffage diminue, Bianca ajoute quelques bûches dans l'âtre. Pendant ce temps, grand-père, Jimmy, Leah et plusieurs autres employés, dont moi, venus à la cafétéria pour dîner, tentons de trouver une solution pour dépanner les skieurs et les planchistes assis dans nos télésièges, au bas des pentes. Grand-papa va chercher une génératrice. C'est la procédure normale pour repartir la remontée mécanique et en faire descendre les passagers. Cependant, une fois la génératrice en place, mon aïeul essaie de la démarrer, mais la corde lui reste dans les mains. J'ai l'impression qu'on l'a partiellement sectionnée et que la vigueur du coup qu'a donné mon patron l'a complètement rompue. Il faut appeler les patrouilleurs en renfort, afin qu'ils amorcent le long processus de secours, à l'aide de câbles et de harnais. À la demande de grand-père Poitras, je fouille dans le bureau afin de trouver le numéro de compte ainsi que le numéro de téléphone du fournisseur d'électricité. Vingt minutes passent avant que je puisse parler à un agent, qui m'informe qu'on n'a signalé aucune panne dans la région. C'est très louche... Entre-temps, le docteur Labonté, Leah et ses patrouilleurs ont réussi à faire descendre plusieurs clients. Des enfants pleurent, des adultes se plaignent, certains profèrent des menaces. Je doute que le billet gratuit qu'on leur remet pour une date ultérieure les satisfasse.

J'envisage déjà la difficulté qu'aura notre équipe à atteindre tous les skieurs et les planchistes coincés plus haut dans nos remonte-pentes. Le terrain accidenté et, sur un des parcours, la proximité d'un imposant précipice, mettront au défi nos secouristes pourtant aguerris. Grand-papa passe me prendre en motoneige.

– Viens, on va aller voir aux remonte-pentes plus près du glacier.

– OK, mais sans génératrice, qu'est-ce qu'on va pouvoir faire ?

– Pour les petits télésièges, il y a moyen de faire tourner la poulie manuellement. C'est très forçant, mais ça fonctionne. Il nous faut le plus de bras possible.

Sur ce, mon aïeul met les gaz et la motoneige part en trombe. Avec Stanislav, Jimmy, les membres de son équipe et même quelques abonnés, nous libérons ainsi les gens bloqués en pleine remontée. Plusieurs souffrent d'engelures visibles au visage et sont confiés aux responsables des premiers soins. Certains courent aux toilettes chimiques, question de se soulager. La plupart entrent se réchauffer sous le chapiteau du refuge temporaire, avant de continuer jusqu'en bas, sur leurs skis ou leur planche.

Une fois l'opération de sauvetage terminée, nous avons tout un choc. Grand-papa veut examiner de plus près les panneaux électriques qui commandent les installations. Il trouve que ça sent le sabotage. Nous découvrons qu'il a raison de se méfier. Non seulement y a-t-il de nombreux fils sectionnés, mais le saboteur lui-même gît au sol, affalé devant une des consoles. Wesley respire difficilement. J'en déduis qu'il doit s'être électrocuté. Avec mon cellulaire, j'appelle les services d'urgence et demande que l'on expédie une ambulance et un policier.

Ce soir-là, tantine Jé vient réconforter mon grand-père, abattu, secoué de sanglots. Tous deux se retirent dans la chambre, mais je les entends à travers la cloison.

— Jé... quelque chose ne roule pas rond. Un si bon ouvrier, ici depuis très longtemps... qui prend soin de l'équipement comme de la prunelle de ses yeux, et... et tout d'un coup, qui devient un saboteur. Pourquoi ? Qu'est-ce que je lui ai fait ?

— Sans doute rien, Euclide. Quand il sortira de son coma, les policiers lui feront tout cracher... Sinon, moi je vais le faire parler.

— À cause de lui, j'ai perdu non seulement de l'argent, mais aussi la confiance de mes clients. De nos jours, les nouvelles, surtout les mauvaises, voyagent rapidement avec Internet. Plus personne va vouloir venir skier ici !

— Tout de même, il n'y a pas eu de blessés graves ou de morts. Les vrais mordus de la neige ne laisseront pas deux ou trois petites engelures les empêcher de dévaler les pentes du mont Renard. Pis, je gage que la plupart vont raconter cette histoire à leurs amis en tentant de se faire passer pour des héros. Tu t'en fais pour rien, Euclide.

— T'as sans doute raison, Jé… Mais ça me tracasse. Les surfaceuses vandalisées, le refuge incendié, le punch empoisonné, la panne d'électricité. Ça fait quatre incidents majeurs… quatre actes criminels à l'intérieur d'une même saison de ski. C'est trop pour être une coïncidence !

Je présume que le cerveau de policier de grand-père Poitras fonctionne à fond. Il va élucider le mystère, j'en suis certain.

Deux jours plus tard, le 17 mars, nous recevons la visite des policiers Paquette et Fiennes, qui mènent l'enquête. Ils nous apprennent que Wesley a repris conscience. La décharge électrique qu'il a reçue laissera toutefois des séquelles. Selon les médecins, sa mémoire n'est pas affectée, mais pour sa coordination et son élocution, c'est une autre histoire.

— Il n'était pas facile à comprendre, on aurait dit qu'il avait une patate chaude dans la bouche, mais on a saisi qu'on l'avait payé grassement pour faire du dommage chez vous, explique le détective Paquette.

— Est-ce qu'il a avoué être responsable de tous les ennuis qu'on a eus récemment ?

— *No, Sir.*

— Monsieur Poitras, mon collègue veut dire que Wesley n'a mentionné que son rôle dans la panne de courant. Il a refusé de parler davantage sans avocat.

– *We will not get anything more out of him, for sure*[4], murmure l'agent Fiennes entre ses dents.

– Pourvu qu'on lui trouve un avocat au plus vite, commente Euclide. Le plus tôt on pourra l'interroger, le plus tôt on saura à quoi s'en tenir.

– D'après moi grand-papa, on va devoir découvrir nous-mêmes les salauds qui l'ont payé...

Les représentants de l'ordre demandent si mon grand-père a des ennemis, s'il a licencié du personnel récemment, si quelqu'un voudrait se venger, ou pourrait lui en vouloir assez pour commettre des crimes dans l'espoir de ruiner son entreprise. Euclide ne voit pas... L'enquête va devoir se poursuivre sans nouveaux indices.

* *
*

Le lendemain midi, avant de pousser la porte du vestiaire pour y déposer mon costume, j'entends prononcer mon nom. J'enlève la tête de René le Renard afin de ne rien perdre de la conversation. Je reconnais la voix d'un baliseur des pistes.

– Vous n'avez pas remarqué qu'il y a plein de problèmes ici, depuis que Cédric est là ?

– Ouais, j'y avais pensé, répond un conducteur de surfaceuse.

– J'ai entendu dire que ses parents l'avaient envoyé ici parce qu'il avait des problèmes avec la police d'Ottawa. Il fallait le cacher, déclare quelqu'un, peut-être une employée de la billetterie.

– Enfermé ici et obligé de travailler tout le temps, il est sans doute en maudit contre le vieux.

---

4. On n'en tirera rien de plus, c'est sûr.

Pis là, il veut se venger, le petit-fils du patron, rajoute le premier.

— Même Blanche est partie à cause de lui, commente une monitrice de ski.

Les oreilles me brûlent en entendant ces commérages. Oui, j'ai eu des ennuis dans l'Est, mais c'est chose du passé. Oui, j'ai fait des gaffes ici, mais je n'ai pas commis de vandalisme, à part avoir défoncé l'armoire à boisson du bar. Je n'en veux nullement à mon grand-père. Je ne sais pas comment réagir. Dois-je entrer dans la salle et confronter ceux qui m'accusent ou dois-je simplement les ignorer ? Est-ce que l'un d'eux risque de rapporter ces hypothèses à grand-papa ? En fin de compte, je décide d'aller me changer chez moi. J'aurai amplement le temps de venir ranger l'habit de peluche en soirée. Décidément, mes pairs ne semblent pas trop apprécier ma présence au mont Renard.

CHAPITRE 14

Rien ne va plus

Grand-père Poitras est devenu paranoïaque. Il ne peut supporter l'idée que Wesley ait saboté les activités du mont Renard. L'ancien préposé gît sur son lit d'hôpital, étroitement surveillé en attendant son enquête préliminaire. Étant donné les séquelles de l'électrocution, il devra faire pas mal de physiothérapie. Mon aïeul ne craint pas de témoigner en cour, il l'a souvent fait comme agent de la GRC. Cependant, il se demande si d'autres employés ne sont pas payés par un inconnu pour détruire la station de ski. Ça, ça l'empêche de dormir. Bien honnêtement, moi non plus je ne suis pas à l'aise ici, depuis que je sais qu'une partie du personnel me blâme pour tous les maux de la terre. Si un voyou est prêt à soudoyer des gens pour abîmer des infrastructures, où s'arrêtera-t-il ? S'en prendra-t-on à mon patron ? Bref, il y a énormément de tension dans l'air.

Euclide se promène davantage sur sa motoneige afin de surveiller les allées et venues de tout le monde. Clients, salariés, ouvriers et petit-fils, personne n'y échappe. Je suis persuadé que mon grand-père a entendu les rumeurs à mon sujet, car il m'a à l'œil. Ça m'attriste de voir que j'ai perdu sa confiance sans l'avoir véritablement mérité. La psychose le pousse même à s'éloigner de Tantine Jé, pourtant seule capable de le calmer. Je ne veux pas m'en mêler, mais je trouve *poche* que le vieux balance son bonheur en l'air à cause d'un malfaiteur.

Un après-midi, j'aperçois la fourgonnette d'une compagnie de système d'alarme qui se stationne tout près de chez nous. Un homme au ventre protubérant en sort, suivi d'un gringalet. Grand-papa vient à leur rencontre, puis tous trois parcourent le périmètre de notre résidence. Le technicien gribouille sur sa tablette, parfois il prend des clichés avec l'appareil photo intégré. Dans le chalet principal, le manège se poursuit. Cinq heures passent avant que le technicien ait terminé d'installer un système d'alarme sophistiqué ainsi qu'une trentaine de caméras de surveillance partout sur le site, pendant que l'autre, un serrurier, change de nombreux verrous. Sous mes yeux, le centre de ski se métamorphose en château fort... ou en prison... selon le point de vue.

À la fermeture, notre patron nous convoque à une brève rencontre dans la cafétéria.

— Je ne vous garderai pas ici longtemps. Après les incidents criminels survenus depuis le début de la saison, je suis obligé de resserrer la vis en matière de sécurité. Vous avez sans doute remarqué les nouvelles caméras et peut-être que vous avez constaté que vos clés ne fonctionnent plus.

Plusieurs employés acquiescent. Grand-papa continue.

– J'ai réfléchi à qui devait détenir quelle clé.
Il y a eu du laxisme de ma part dans le passé.
Maintenant, ça va changer. Il est primordial que
tout roule comme il faut si l'on veut que le mont
Renard demeure ouvert. Les attaques des dernières semaines m'ont coûté très cher... La survie
de la station de ski en dépend.

L'inquiétude est palpable dans la cafétéria.
Il est clair que si le centre ferme, tout le monde
sera mis à pied. Euclide procède à l'échange des
vieux trousseaux de clés contre des puces électro-
niques. Maintenant, selon ses fonctions, il ne sera
plus possible à chacun d'ouvrir toutes les portes.
Comme les clés technologiques enregistrent l'uti-
lisation qui en est faite, grand-père Poitras saura
qui a ouvert quelle porte à quel moment. Certains
grognent en s'apercevant qu'ils seront surveillés
autant. J'examine l'assemblée en me demandant si
des traîtres se dissimulent parmi nous. « S'ils sont
innocents, ils n'ont rien à craindre », me dis-je.

* *
*

Le samedi 21 mars, je reçois de la visite surprise.
Malheureusement, ce n'est ni Chûyen, ni Blanche,
ni Sarah. Mes parents garent une Jeep louée, tout
près du chalet secondaire. Je ne leur ai toujours
pas adressé la parole volontairement depuis que
j'ai quitté Ottawa et là, ils se pointent chez moi.
J'ai systématiquement évité de les rappeler et de
répondre à leurs courriels, me disant qu'ils laisse-
raient tomber. Loin des yeux, loin du cœur et tout
ça... Évidemment, je me suis trompé. Ils entrent

dans le centre de location où je remplace Wesley. Un semblant de conversation s'ensuit.

– Bonjour, Cédric, dit ma mère, timidement.

– Salut.

– T'as l'air pas mal occupé, on va aller prendre un café à la cafétéria, passe nous voir quand t'auras la chance.

– Oui, oui.

Je réponds à mon père pour me débarrasser d'eux. Je ne laisse paraître aucune émotion. Ils s'en vont et je me remets à l'ouvrage. Trois quarts d'heure passent, puis Euclide vient me relancer. Il m'ordonne d'aller voir mes parents pour de vrai. En maugréant, je me rends au grand chalet, où mes géniteurs détonnent parmi les autres, car ils ne sont pas habillés pour le ski.

– Je suis contente de te revoir.

– Vraiment?

– Bien oui, Cédric.

– C'est surprenant.

– Hé, ne prends pas ce ton avec ta mère!

– Quoi? Tu veux que je le prenne avec toi?

– On comprend que tu nous en veuilles... commence mon paternel.

– ... mais on t'a envoyé ici pour t'aider, plaide ma mère.

– Vous savez, quand les gens ne veulent plus de leur chien, ils vont dans une clairière, ils lancent un frisbee et, dès que le pitou est parti à la course, ses maîtres sacrent leur camp en voiture. Bien c'est ça que vous avez fait et le frisbee, vous l'avez lancé loin en maudit!

Ma mère fond en larmes, mon père semble bouillir de rage. Alors, je me lève, je leur annonce que le boulot m'attend. Les clients attablés près de nous doivent ressentir un malaise. Je ne me sens pas fier, mais bon… je m'échappe vers le centre de location.

De temps en temps, je jette un coup d'œil par la fenêtre. La Jeep est toujours là, donc mes parents n'ont pas opté pour la solution facile. « Un point pour eux. » Je me consacre à mon travail jusqu'à la fermeture, ensuite je me rends à l'évidence : ils ne partiront pas sans une seconde ronde dans l'arène. Après trois grandes inspirations, je monte à mon logement. Le tableau qui m'attend est surréaliste. Mon aïeul et mes vieux sont assis à la table et m'attendent pour le souper. Un délicieux fumet me monte aux narines. « Ah, qu'ils jouent cochon, ils ont préparé mon repas préféré ! »

Nous mangeons en silence. Chaque fois que l'un de mes parents vient pour parler, il change d'idée. Après le dessert, grand-papa nous invite à nous rendre au salon. Pendant un certain temps, chacun évite le regard des autres. Malaise. Puis, Euclide brise le silence.

— Bon, Michel et Viviane, vous n'êtes pas venus jusqu'ici pour participer à une compétition de mime, me semble.

— Bien non, p'pa, répond mon père.

— On voulait voir par nous-mêmes les progrès de Cédric, ajoute ma mère.

— C'est ça. Tu nous as tellement parlé du bon travail qu'il fait, que…

— Vous avez voulu voir si grand-papa vous montait un bateau !

Grand-père Poitras me lance un regard réprobateur.

— Il faut que tu saches, Cédric, que la décision que ton père et moi avons prise de t'envoyer ici a été le choix le plus difficile de notre vie.

— Si seulement tu savais combien de nuits blanches on a passées à ruminer. Avions-nous bien agi?

J'écoute mes parents me vendre leur salade. Quel fils indigne je suis! Le message est clair, je suis le fléau qui s'est acharné sur la famille Poitras. Devant mon manque de réceptivité, mon père se fâche.

— C'est ça! Fais encore ton air de *beu*! Tu sauras, Cédric, que le monde ne tourne pas uniquement autour de toi. Il y a des parents bien plus stricts, qui auraient porté plainte après l'accident de voiture... T'aurais pu être emprisonné!

— Michel, ne dis pas des choses comme ça!

Avant que mon paternel puisse renchérir, la sonnerie de son cellulaire tranche la tension dans la salle. Il se retire dans l'escalier pour répondre. Une fois de plus, la *job* prend toute la place.

— Bon, bien... je vais aller me coucher, je travaille demain.

En m'entendant, ma mère fouille dans son sac à main, sans doute pour trouver ses calmants. Je la laisse à ses pilules et je gagne ma chambre.

Je suis étendu dans mon lit depuis quelques minutes, mais je ne trouve pas le sommeil. Mon père a mis un terme à son appel et mes parents discutent à voix feutrée avec Euclide.

— Bâtard! Qu'est-ce qu'il veut au juste?

— Michel, il veut recommencer à zéro. Depuis qu'il est ici, il travaille fort, il a fait du tutorat, ses notes ont monté et il n'a presque pas eu de dérapage. D'un coup, vous lui avez enlevé ses amis, sa maison, son école et vous l'avez expédié à l'autre bout du pays pour aller bosser auprès de son grand-père, qu'il ne connaissait pratiquement pas. Vous ne pouvez pas vous attendre à ce qu'il vous remercie pour ça! Éventuellement, il va réaliser que son exil l'a sauvé, mais ça peut prendre pas mal de temps. Personne n'est fier de se faire dire qu'il a atteint le fond du baril...

Au bout d'une demi-heure, grand-papa va se coucher à son tour. J'entends le mécanisme du sofa-lit que l'on ouvre. Donc, mes parents restent ici. Une fois de plus, j'écoute aux portes involontairement. «Faudrait sérieusement que grand-père Poitras fasse isoler les murs», me dis-je en prêtant l'oreille.

— Cet enfant ne nous aura vraiment donné que du trouble depuis sa naissance...

— Michel... c'est... peut-être... de notre... faute, marmonne ma mère, sous l'effet des médicaments dont elle a certainement augmenté la dose.

CHAPITRE 15

La fuite

À trois heures du matin, je me lève, la figure gommée de larmes. J'empoigne le drap pour m'essuyer la face. La dernière remarque de mon père m'a bouleversé. Malgré ma fatigue, je n'ai pas dormi. J'en ai marre d'être de trop, ma décision est prise. À tâtons, je remplis un sac de vêtements. Puis, je m'habille en silence. Ensuite, je passe aux toilettes discrètement. Enfin, je prends mes bottes et mon manteau et je quitte le logement en catimini. «Je vais leur rendre la vie facile!» murmurai-je, en fermant la porte.

Je marche pendant une heure avant de rencontrer des véhicules. Je crois semer la terreur, car bon nombre de chauffeurs dévient de leur trajectoire lorsqu'ils m'aperçoivent. Je tends le pouce à maintes reprises. Finalement, à 4 h 33, un chauffeur arrête sa berline sur l'accotement, à une dizaine de mètres devant moi. Je m'empresse de monter dans la voiture. L'homme au volant doit être dans la quarantaine, c'est un véritable colosse. À ses côtés, il y a une femme toute menue, environ du même âge.

— Tu vas où ?

— Vancouver.

— Ça tombe bien, on s'en va à l'aéroport, dit le chauffeur.

— Ah, oui ? Vous partez en voyage ?

— Oui, on va fuir la neige et le froid pour une semaine, à Puerto Vallarta, au Mexique ! répond la femme, d'un ton enthousiaste.

— Super, je n'y suis jamais allé, mais j'ai déjà passé des vacances à Cancún, j'ai bien aimé ça.

— Ça fait longtemps que l'on planifie notre voyage. On va célébrer notre quinzième anniversaire de mariage, précise la femme, volubile.

Normalement, les gens qui bavardent me tombent sur les nerfs. Étonnamment, je trouve cette femme tolérable. Soit elle me dépanne en parlant... soit je m'assagis.

Le soleil se lève derrière nous. Je pense à la vie que je laisse au mont Renard. Je suis triste d'abandonner mon grand-père... je me promets de lui téléphoner dès mon arrivée à Vancouver, afin de l'apaiser. La berline avale les kilomètres. Il commence à y avoir davantage de bagnoles sur la route. Bientôt, ma nuit blanche me rattrape et je m'assoupis.

— On est arrivés, déclare la dame en me secouant doucement l'épaule.

J'écarquille les yeux, je me passe la langue sur les dents, la bouche pâteuse. Je remercie le couple pour sa gentillesse et je descends de la voiture.

Voilà, je me trouve à l'aéroport de Vancouver. Maintenant, je dois décider où aller. Un instant, je pense acheter un billet d'avion et retourner à Ottawa. Cependant, rien ni personne ne m'y attend. Je parcours toutes les grosses villes canadiennes dans ma tête... je me demande si tenter ma chance vers l'inconnu... est une option viable. En fin de compte, je raisonne que mes maigres économies se dilapideront rapidement si je débourse le prix d'un trajet en avion. De plus, si l'on me cherche, il sera très facile de savoir que je me suis procuré un billet. Grand-papa doit toujours avoir des contacts à la GRC. Impossible de partir incognito. Donc, je reste à Vancouver par défaut. J'ai envie de jouer au touriste, le temps de me changer les idées avant d'affronter ma réalité de sans-abri. Avant tout, j'honore ma promesse et j'écris un texto pour mon grand-père.

> Tout va bien. Cédric

Assez pour le moment. Après tout, en dévoiler davantage suggérerait que je souhaite être retrouvé. Sac au dos, je me dirige vers l'arrêt d'autobus où je consulte la carte des trajets. Je commence par me rendre à Gastown, cette région qui date de l'ère victorienne. En déambulant dans les rues, je mange un bagel acheté dans un café. Plus tard, je vais à la tour d'observation, admirer la vue du Harbour Centre à partir du 33e étage. En après-midi, je me rends au célèbre Stanley Park et je circule dans les boisés, les lacs et les jardins. Il est trop tôt pour la floraison, toutefois l'immense parc m'impressionne. Lorsqu'il se met à pleuvoir abondamment, je me réfugie à l'aquarium. Mon sac me meurtrit les épaules. Je le pose au sol et je m'assois devant un bassin de poissons exotiques. Des groupes scolaires passent devant moi, me bloquant la vue. Je voudrais visiter les îles de Granville et de Vancouver, sans oublier la capitale, Victoria, mais ça prendrait beaucoup de temps et d'argent. J'ai amplement du premier, mais le second fond dans ma poche comme neige au printemps.

Pour moi, il est clair que je n'ai qu'un choix. Cellulaire en main, je compose le numéro de mon ami. Au quatrième coup, Chuyên répond, tout essoufflé.

— Cédric!

— Qu'est-ce que tu fais pour être à bout de souffle comme ça?

— Je frotte un mur de brique avec une brosse. La fumée a laissé des marques...

— Ton oncle n'a pas une machine pour faire ça?

— Oui... c'est moi!

— Écoute, Chuyên, je suis en ville. Est-ce que l'on peut se rencontrer?

— Passe chez nous pour souper. Mais je te le dis tout de suite : tiens-toi loin de mes cousines!

Mon ami me donne ses coordonnées dans le Chinatown et il m'explique sommairement comment me rendre chez son oncle. Là, j'ai du temps devant moi. Je décide de me payer une traite et d'aller au cinéma.

*   *
*

Nous sommes neuf autour de la table : l'oncle et la tante de mon ami, leurs trois filles ainsi que les parents de la tante, sont assis avec nous. On me sert une généreuse portion de riz et de sauté aux légumes et aux pétoncles. Durant le souper, tous parlent vietnamien. Mon ami m'a toujours parlé français et je l'ai bien sûr entendu utiliser l'anglais dans la cour d'école à Ottawa. Tout au plus l'ai-je surpris à glisser un juron vietnamien dans une phrase, mais rarement. Je ne comprends donc rien à cette langue asiatique. Quand les autres rient, je m'y mets aussi, par mimétisme. Après le repas, Chuyên m'explique que son oncle veut que ses filles maîtrisent leur langue maternelle. À l'école et en ville, il est important qu'elles apprennent l'anglais et le français, mais à la maison, tout se passe en viêt.

— J'ai dû me réhabituer les premiers temps. Ça fait longtemps que l'on ne parle plus comme ça chez nous, avoue mon ami. Ici, dans le Chinatown, c'est commun de faire fi des langues du pays, comme si le quartier était une terre asiatique, où l'on respecte davantage les coutumes.

— Mais, t'es pas Chinois...

— C'est une vieille appellation qui n'a pas changé avec l'afflux d'immigrants d'ailleurs en Asie.

Là, je reconnais bien mon ami, qui a toujours employé un vocabulaire riche à l'école. Premier de classe, il trouve qu'on le soupçonne de moins de méfaits s'il s'exprime bien.

Un peu plus tard, nous sortons faire une promenade. C'est à ce moment que je lui révèle la véritable raison de ma visite. Mon vieux complice est bien placé pour me comprendre, ayant vécu une situation similaire récemment. Il me promet de demander à son oncle si je peux rester avec eux, en échange de mes bras pour nettoyer les lieux touchés par des sinistres.

— Attention, j'aime mieux te prévenir tout de suite. L'appartement est très petit. Je partage une chambre avec les grands-parents. On a des lits doubles superposés, faudrait que tu couches en haut avec moi. Mes colocs ronflent à longueur de nuit!

    – C'est mieux que de coucher dehors...

CHAPITRE 16

Au diable l'orgueil !

Depuis quatre jours, j'accompagne Chuyên au travail. Entre mon départ du mont Renard et mon arrivée en ville, je n'ai pris qu'une journée de repos pour jouer au touriste. Mes muscles sont endoloris à force de frotter et de transporter des matériaux alourdis par des dégâts d'eau. C'est une besogne exigeante, sans temps de repos. Selon l'oncle de mon ami, il faut travailler rapidement, tout en exécutant chaque tâche minutieusement. Nos journées s'étirent, car il faut respecter les échéanciers. Le soir, après le souper, je bavarde un peu avec Chuyên, qui m'enseigne le vocabulaire vietnamien de base, puis c'est le temps de se coucher. Mon copain ne mentait pas, nos compagnons de chambre ronflent et râlent si fort qu'ils m'empêchent de dormir. Nous sommes loin de vacances dans un cinq étoiles.

Petit à petit, je commence à me sentir de trop dans le petit logement multigénérationnel. Je dois envisager de partir. Alors, j'effectue une recherche sur Internet. « Wow, les loyers sont hyper chers ! » Je ne vais pas pouvoir me permettre de déménager, surtout que le boulot de nettoyage après sinistres ne paie pas et que mes économies ne cessent de diminuer. Je me rends compte que je n'ai pas le choix. Je dois retourner chez moi, au mont Renard. J'explique ma situation à Chuyên, puis je donne un coup de fil à mon grand-père.

— Cédric! Où es-tu?

— À Vancouver, dans le Chinatown…

— Donne-moi l'adresse, j'y suis dans une demi-heure.

Comment Euclide peut-il venir en si peu de temps? Le mont Renard est pourtant situé à des heures de route du quartier chinois.

Grand-papa n'a pas menti. Il arrive sur des chapeaux de roues. Sac au dos, je remercie mes hôtes, puis je monte dans la camionnette.

— T'étais déjà en ville?

— À ta recherche, évidemment! Depuis que t'as sacré ton camp, j'ai parlé à mon gars, puis tes parents et moi nous sommes lancés à tes trousses. On a tout fait, on a appelé la police, les hôpitaux, l'aéroport et on a arpenté la ville sans arrêt. Tu ne nous as pas facilité la vie en éteignant ton cellulaire!

— Je m'excuse. Qui s'occupe du centre de ski?

— Les employés, c't'affaire!

— T'as abandonné la montagne, après tous les ennuis que t'as eus?

— Est-ce que tu t'es cogné la tête ou quoi? Une entreprise familiale sans famille, ça donne quoi?

Je ne sais plus quoi dire, alors je me tais. Mes parents sont en train de me chercher eux aussi. J'étais persuadé qu'ils étaient retournés à Ottawa, enfin débarrassés de moi. J'ai sans doute été trop bête. C'est vrai que je peux avoir la tête dure et que je suis souvent rancunier.

Grand-papa annonce à mes parents qu'il m'a retrouvé. Nous prenons la route en direction du mont Renard. Ce coup-ci, je n'ai pas l'impression de me diriger vers une geôle au milieu de nulle part. Bien au contraire, il me semble que je retourne à la maison.

— J'm'excuse vraiment, grand-papa. Je n'aurais pas dû me sauver comme ça. Je pensais que partir, ça règlerait tout.

— Cédric, personne ne peut exiger que tu sois parfait. Par contre, il faut que tu apprennes de tes erreurs. C'est ça qui te transformera en adulte, pas le montant d'alcool que tu bois ou le nombre de filles que tu… fréquentes.

— Ouais.

Le soleil est couché. Un croissant de lune éclaire partiellement la route. Je tente de rester éveillé afin d'alerter grand-père Poitras si un chevreuil ou une autre bête vient à croiser notre chemin. Lorsque nous arrivons enfin à la station de ski, je suis surpris de voir les nombreux véhicules dans le stationnement et La Tanière éclairée. « Qu'est-ce qui se passe ? » Une fois la vieille Dodge garée, Euclide me fait signe de le suivre vers la cafétéria.

À l'intérieur, se tiennent la majorité des employés. Quand j'entre, ils applaudissent. On fête mon retour. Tantine Jé distribue des canapés. Stanislav et Jimmy servent des consommations. Bianca sélectionne de la musique sur son iPod, relié à de gros haut-parleurs. Le docteur Labonté et Leah sortent de la cuisine avec un gros gâteau. Même René le Renard est de la partie. Je me demande bien qui a enfilé mon costume. Je n'ai pas le temps de pousser l'enquête, car mes parents franchissent le seuil de la porte. Je décide de faire un pas vers la maturité et je vais leur parler. Nous sortons sur le perron, loin des oreilles indiscrètes. Nous nous excusons à tour de rôle. Puis, nous partageons nos attentes (réalistes) les uns envers les autres. Je doute fortement que nous évitions les querelles pour toujours, mais c'est un gros progrès. J'entrevois mon grand-père qui nous épie par la fenêtre, les yeux brillants.

Deux heures plus tard, tout le monde est parti. Grand-papa me demande si je veux nettoyer la salle immédiatement ou le faire tôt le lendemain matin.

— C'est moi que l'on fête et je dois faire le ménage ? Il me semblait que dans l'histoire de l'enfant prodigue, après avoir tué le veau gras et avoir bien festoyé, on faisait tout pour que le revenant soit heureux.

— Ouais, mais dans la version moderne, l'enfant prodigue fait le ménage !

— Je vois que ton style de punition n'a pas changé.

— Pourquoi modifier ce qui fonctionne bien ?

Je sais que je ne gagnerai pas, alors je ramasse les gobelets et les assiettes qui traînent sur les tables. Puis, je balaye le plancher. Mieux vaut rendre l'endroit propre avant d'aller me coucher, car ça ne me tente pas d'avoir un dur réveil. Quand je descends au vestiaire pour aller chercher l'aspirateur, je repense à la brève apparition de notre mascotte à ma célébration. Je suis toujours curieux de savoir qui a revêtu le costume et décide de mener ma petite enquête. J'ouvre le sac de rangement afin d'en sortir le masque et je devine instantanément qui a emprunté la peluche. Un effluve de parfum parvient à mes narines. Je ne connais qu'une personne qui porte cette fragrance.

CHAPITRE 17

Un après-midi mouvementé

Mes parents m'annoncent qu'ils retournent à Ottawa. Avant de partir, ils promettent de m'acheter un billet d'avion pour la capitale nationale, en mai, pour la fête de la Reine. Le train-train quotidien a recommencé. Les dernières journées de mars se réchauffent considérablement. Nous avons toujours amplement de neige dans les hauteurs, mais en bas, ça commence à ressembler à de la gadoue. Les nuits suffisamment froides, l'équipe d'entretien des pistes emploie les canons à neige artificielle. Je me demande quand j'aurai la chance de vivre une avalanche contrôlée, censée envoyer un peu de neige vers le pied des pentes. J'ai vraiment hâte de voir ça! L'explosion de la dynamite... puis... la neige qui va dégringoler sur les flancs de la montagne.

Un matin, je sursaute en apercevant Blanche en habit de monitrice, au comptoir du service de location! Je ne suis pas trop occupé, compte tenu du faible achalandage cette journée-là.

— Salut!
— Cédric, ça va?

– Oui, et toi, il me semblait que tu travaillais à la clinique maintenant.

– C'est le problème avec les rumeurs, 95 % de mensonge et 5 % de vérité. Je suis allée à la clinique, car j'ai dû subir une intervention chirurgicale.

– Tu veux dire une opération ? Es-tu mieux ?

– Oui, j'ai eu une crise d'appendicite. J'ai été opérée juste à temps.

– Ayoye ! Ensuite t'as dû récupérer, c'est pour ça que tu ne venais plus.

– Exactement, j'en ai avisé monsieur Poitras et je lui ai demandé de garder ça pour lui. Ma santé ne concerne pas les autres.

Sa brusque disparition n'était donc pas ma faute. Notre conversation stagne. Alors, question d'effacer le petit temps mort, je tente de trouver un nouveau sujet à aborder. Me souvenant de l'épisode de la mascotte, je suis content de rompre le silence.

– Alors, comment as-tu aimé porter le costume de René le Renard ?

– Comment t'as su ?

– Élémentaire, Blanche. Normalement, la peluche sent un mélange de ma sueur et de l'assainisseur de tissus. Ce soir-là, elle sentait ton parfum.

– Tu reconnais mon parfum ?

– Bien sûr.

Blanche sourit. Nous convenons de reprendre les séances de tutorat et de redevenir amis, rien d'intime pour l'instant. Lorsqu'une famille arrive au comptoir en quête d'une paire de bottes juniors, Blanche me fait un signe d'au revoir. Je me concentre sur mes clients.

Plus tard dans la journée, je reçois un texto de Sarah. Elle viendra skier au mont Renard lors du congé de Pâques, avec quelques amies. L'une d'entre elles a de la parenté au village le plus près, elles pourront y loger. La Saskatchewannaise espère que je pourrai me libérer un peu, afin de lui faire découvrir d'autres coins reculés de la montagne. Mes lèvres esquissent un petit sourire en coin.

Je verrouille la porte du local, puis je passe au chalet principal pour dîner. J'entends soudain un bruit de moteur, qui devient de plus en plus fort. Comme ce n'est pas le son d'une motoneige ou d'un camion, je lève les yeux vers le ciel. Un hélicoptère blanc avec une rayure noire amorce sa descente et se pose à quelques pas de moi. Depuis mon arrivée, j'ai vu des clients arriver en voitures de luxe, mais certainement pas en hélicoptère ! Deux personnes sortent de l'appareil. Curieux de l'identité de cette dame en manteau de fourrure et de l'homme qui l'accompagne, je vais à leur rencontre.

— Bonjour, puis-je vous aider ?

— Bonjour, nous voulons voir monsieur Poitras, répond l'homme avec un lourd accent anglophone.

Le couple me fixe, sans parler davantage. Je sens que ni l'un ni l'autre ne veut faire la conversation. Alors, je les conduis chez nous directement, car je sais qu'Euclide prépare les chèques de paie à son bureau. Grand-père n'a pas l'air heureux de voir les visiteurs impromptus. Je suppose qu'il doit s'agir des Jamieson.

— Merci Cédric, tu peux aller dîner.

Sur ces mots, mon patron me congédie. Pour être bien franc, j'aimerais assister à l'échange. Combien vont-ils offrir, cette fois-ci ?

* *
*

En après-midi, un autre incident fort inquiétant vient secouer les skieurs et les employés du mont Renard. En effet, une fillette de six ans disparaît. La mère est en larmes. Le père ne cesse de gueuler après son fils de dix ans, qui devait skier avec elle et la surveiller. Je veux intervenir en faveur du jeune, après tout il revient aux parents de s'occuper de leurs enfants. Cependant, je me retiens. D'un côté, l'homme semble agressif et, de l'autre, le plus important c'est de retrouver la petite avant la noirceur.

Tous les employés disponibles participent à la battue. Nous nous partageons les pistes. Les Sullivan nous décrivent l'habit de neige fuchsia que porte leur petite Kathy. On leur suggère d'attendre au pied des pentes, là où leur fille arrivera éventuellement. Évidemment, on ne veut pas avoir les parents dans les jambes. On demande à tous les responsables de remonte-pentes d'envoyer un signal si une fillette vêtue de fuchsia se présente à leur station. Étant donné les nombreuses pistes et leur longueur, il ne faut pas traîner, le soleil baisse rapidement. Leah nous rappelle de regarder dans le boisé en bordure des pistes, car la petite peut être tombée à l'extérieur du sentier balisé. Je vérifie souvent ma radio-émettrice pour m'assurer qu'elle fonctionne. Je ne veux pas manquer la communication, si quelqu'un trouve Kathy.

Deux heures passent et nous n'avons toujours pas retrouvé la gamine. Toutes les pistes classées débutantes et intermédiaires sont examinées en long et en large. Aucune trace de Kathy. Puisque tous les employés ne sont pas des skieurs experts, Leah, la patrouilleuse en chef, demande aux moniteurs et à sa propre équipe de descendre les pistes noires et les doubles noires. Les autres peuvent continuer de vérifier les boisés des pistes plus faciles. Le niveau d'inquiétude ne cesse de grimper parmi les sauveteurs. Grand-papa parcourt l'ensemble du domaine sur sa motoneige, sans trouver la petite fille. Pendant que les secours s'activent, le père ne cesse de vociférer et de menacer de poursuivre les propriétaires du mont Renard.

La station de ski vient de fermer. De nombreux clients offrent de rester et d'aider aux recherches. Nous ne voulons pas qu'ils s'aventurent sur la montagne, car il n'y a pas d'éclairage après la fermeture. Alors, nous recommandons aux volontaires de surveiller les chalets et le stationnement. Avec le soleil qui cède sa place à la lune, le mercure chute aussi. Dans le télésiège, Leah me confie qu'elle se pose des questions. Aurait-elle dû appeler des secouristes provinciaux ? Soudain, un message jaillit de nos radio-émettrices : « On l'a ! » La patrouilleuse et moi nous empressons de redescendre. La lune commence à éclairer la piste que nous empruntons. De retour en bas, nous voyons la mère enlacer sa petite. Tantine Jé vient nous rejoindre afin de nous expliquer que Clovis a trouvé la gamine paisiblement endormie dans la fourgonnette familiale. Égarée, Kathy a reconnu la voiture de ses parents qui, heureusement, ne la verrouillaient pas. Elle a décidé d'écouter un film sur sa tablette. Elle s'est assoupie, jusqu'à ce que Le Carcajou remarque les fenêtres embuées par la chaleur de la petite.

— Comme je suis niaiseuse ! J'aurais dû penser à vérifier le véhicule…

— Leah, tu supervises toute la montagne, tu ne peux pas t'occuper du stationnement aussi, réplique Tantine Jé.

— C'est vrai, il y avait bien plus de chances de la retrouver dans un ravin que dans une fourgonnette.

Grand-papa revient de sa vigile en motoneige. Il remercie tout le monde et invite salariés et bénévoles à passer à la cafétéria pour une boisson chaude avant de prendre la route. Tantine Jé me tire par la manche et nous courons à la cuisine, pour servir le café et le chocolat. La trentaine de samaritains rassemblés semblent soulagés que l'émoi de l'après-midi se conclue sur une note positive. Les parents de Kathy prennent la parole en anglais.

— Merci beaucoup. Je ne sais pas ce que l'on aurait fait si on n'avait pas retrouvé notre Kathy, dit la mère avant d'éclater en sanglots.

— Oui, merci, et… je m'excuse pour mon… tempérament… mes nerfs…, bredouille monsieur Sullivan.

Grand-père et moi saluons les gens qui regagnent leurs véhicules. Ensuite, nous donnons un coup de main à Tantine Jé pour ramasser les tasses et les cuillères qui traînent sur les tables. La copine d'Euclide vient lui donner une tape amicale sur une fesse avant de lui souhaiter bonne nuit et de partir à son tour. Grand-papa m'invite à me reposer un peu. Notre journée de travail a été longue, je ne me plains pas de sa suggestion.

Une fois chez nous, grand-père Poitras allume le téléviseur pour voir la dernière période de la joute de hockey où l'Avalanche du Colorado affronte les Coyotes de Phoenix. Aucunement intéressé, je me dirige vers ma chambre. Grand-papa m'interpelle.

– T'es même pas curieux de savoir ce que voulaient les Jamieson ?

– Certainement, mais tu m'as déjà dit que l'administration du mont Renard ne me regardait pas...

– Au moins t'écoutes... c'est déjà ça ! Viens t'asseoir.

Je m'installe sur le sofa moelleux.

– Ils sont venus me faire une offre finale. Ils ont déclaré que tous les ennuis que nous avons eus récemment les inquiètent énormément et qu'ils reconsidèrent leur intention d'acheter mon centre de ski. Toutefois, ils m'ont quand même offert huit millions.

– Quoi ? Ils ont baissé de deux millions !

– Oui, ils croient que notre clientèle a diminué. Sans oublier qu'ils souhaitent moderniser la station, ça coûtera un bras... et une jambe ou deux !

– Alors, qu'est-ce que t'as répondu ?

– N-O-N !

– Je m'en doutais, aussi.

– Je leur ai demandé de cesser de venir m'importuner, sans quoi ils recevront une mise en demeure pour harcèlement.

– T'as vraiment fait ça ?

– Bien oui.

Nous discutons jusqu'à la fin de la joute qui se termine en prolongation, à l'avantage des Coyotes. Après cela, je vais me coucher, je sais qu'une autre longue journée de travail m'attend.

Bien qu'étendu, je ne parviens pas à dormir. Au contraire, je réfléchis à ma conversation avec Blanche, puis à la disparition de Kathy Sullivan et finalement à la confidence de grand-papa Euclide. Quelque chose me chicote. Qu'est-ce que grand-père a dit à propos des Jamieson ? Ah, oui. « Ils ont déclaré que tous les ennuis que nous avons eus récemment les inquiètent énormément et qu'ils reconsidèrent leur intention d'acheter mon centre de ski. » Je trouve cette affirmation plutôt louche…

CHAPITRE 18

L'avalanche

Blanche et moi avons repris nos séances de tutorat. Grâce à mon aide, ses résultats montent en flèche. La monitrice est heureuse de sa réussite. Moi aussi, je suis plus que satisfait de ses progrès. Blanche commence à analyser des événements historiques avec davantage de pensée critique. Elle compare les sources premières et secondaires pour élucider certains enjeux. Si elle continue sur sa lancée, elle n'aura rien à craindre quand viendra l'examen final, au mois de juin. Depuis son retour au travail, ça va bien entre nous. Maintenant, je lui demande cinq dollars la période de tutorat, par principe, car elle ne veut rien me devoir. Le montant est dérisoire, mais il réduit la tension entre nous. Sur un autre front, nous recommençons à skier ensemble quand nos pauses sont simultanées. Grosso modo, je viens de regagner une amie. C'est un atout considérable, dans ce coin reculé où il n'y a pas mille et une personnes avec lesquelles se lier.

La station commence à connaître moins d'achalandage. Lors d'une pause, Stanislav m'explique

que, dès que la neige disparaît en ville, une bonne partie de notre clientèle passe en mode printemps et pense davantage aux terrasses ensoleillées qu'aux pistes enneigées. Côté précipitations, c'est la disette depuis plus de deux semaines. Le gros thermomètre fixé au mur extérieur de la billetterie indique souvent une température au-dessus de 10°C. Les nuits fréquemment plus chaudes que le point de congélation limitent l'entretien avec les surfaceuses et interdisent la création de neige artificielle. Les vrais amateurs prennent les remonte-pentes à mi-montagne au lieu de redescendre jusqu'en bas, où la neige change de consistance.

Grand-papa m'annonce enfin qu'il est temps de provoquer une avalanche pour recouvrir le bas des pistes. En effet, heurter de plein fouet un gros caillou ou une racine à découvert peut mettre fin à une saison de ski assez brutalement. Au mont Renard, on ne badine pas avec la sécurité quand il s'agit de prolonger la saison des skieurs et des planchistes, heureux de pratiquer leur sport en vêtements plus légers. Je suis bien curieux de voir comment Stanislav et grand-père Poitras vont s'y prendre. Je les rejoins à la cafétéria, où ils se mettent à m'expliquer l'opération en détail.

— Tu vas voir, Cédric, c'est plutôt simple. Tout d'abord, il faut patrouiller les pistes sur la trajectoire de l'avalanche, afin de s'assurer qu'il n'y a personne. Ton grand-père insiste là-dessus, il a lui-même formé nos gens.

— Dès que Leah donne le signal à Stanislav, on peut y aller.

— Après ça, on se rend au sommet du glacier, où il y a des surplus de neige. Là, on insère quelques bâtons de dynamite à des endroits stratégiques.

– Quand tout est bien installé, on s'éloigne pour la détonation.

– La neige glisse vers le bas. Ça, c'est la partie facile. Ensuite, le gros du travail commence. Stanislav et son équipe se servent des surfaceuses pour distribuer la neige aux bons endroits.

– Ce n'est pas trop dangereux ?

– Il y a toujours un certain risque. Sauf que, quand tu sais ce que t'as à faire, rien n'arrive.

La voix de Leah jaillit de la radio-émettrice. Nous avons le feu vert, les pistes sont désertes. Nous attelons un traîneau derrière la motoneige de Stanislav, puis y plaçons tout le matériel nécessaire. En moins de dix minutes, tous les trois, nous sommes en route pour le sommet. En motoneige, j'aime moins occuper le siège du passager, car on a la vue obstruée. Ceux qui partent pour de longues randonnées doivent s'ennuyer à mourir, à force de regarder l'arrière du casque et le dos du chauffeur !

En haut, j'aide à transporter la caisse de bois qui contient les bâtons de dynamite. Il me vient en tête plein de dessins animés de *Wile E. Coyote* qui tente, en vain, d'attraper le mythique *Road Runner*. Tout ce qui manque, c'est le logo d'*ACME* sur le boîtier. Stanislav passe près d'une demi-heure à examiner la neige afin de choisir l'endroit idéal où insérer la charge. Je commence à m'impatienter, car j'ai hâte de voir l'explosion et l'avalanche.

– Patiente, Cédric ! Faut faire l'installation comme il faut si l'on ne veut pas y passer, m'admoneste grand-père Poitras. Ne t'inquiète pas, quand ça sera le temps, je vais te laisser appuyer sur le détonateur et je prendrai une photo de toi, ainsi tu pourras l'afficher sur Facebook !

– *Cool !*

Grand-papa tient parole. L'explosion n'est pas aussi spectaculaire que dans les films de Hollywood... Toutefois, il y a quand même un bruit sourd avant que la neige glisse rapidement. C'est tout un spectacle. Une fois mon image fixée pour la postérité, j'en profite pour filmer la scène avec mon téléphone cellulaire. Je suis certain que Chuyên n'en reviendra pas de ce que je viens de faire! Ensuite, radio-émettrice à la main, Stanislav mandate ses collègues de diriger leurs surfaceuses vers la bordée de neige et de commencer à l'étendre. La nuit sera longue. Il faut gérer cette nouvelle neige en plus d'effectuer l'entretien régulier des pistes. Grand-papa m'indique que nous avons terminé notre besogne. C'est le temps de partir, car nous nuirions au travail de l'équipe de M. Mieszko. Je ne me fais pas prier et hop, me revoici sur la motoneige. Grand-papa me fait signe de prendre le guidon. « Yé, ce coup-ci je vais voir devant moi! »

* *
*

— C'était super ça! Tu me jures que ce n'était pas truqué?

— C'est vraiment moi, Chuyên, et c'est une véritable avalanche que l'on a déclenchée.

Mon ami m'a téléphoné dès que j'ai affiché la photo et la vidéo en ligne. Il est impressionné. Il trouve dommage qu'il n'y ait pas eu autant d'action lors de ses deux visites au mont Renard. Nous bavardons plusieurs minutes. Il me confie qu'il commence à être tanné de partager un petit logement avec sept personnes. De plus, travailler comme un forcené pour l'entreprise de son oncle n'est pas de tout repos.

— Nettoyer les dégâts causés par les incendies et les inondations, c'est loin d'être excitant. Pis ça pue!

— Alors, qu'est-ce que tu vas faire?

— Bien, j'ai pensé à mon affaire. Il y a un programme en cinéma à l'Université de la Colombie-Britannique, qui semble vraiment intéressant et qui est très bien coté. Si je termine mon secondaire en mode accéléré, je pourrais m'y inscrire...

— Où vas-tu prendre l'argent pour tout ça? Où resteras-tu?

— Quand mes parents m'ont banni de la maison, ils m'ont dit de réfléchir à ce que je souhaitais faire de ma vie. Donc, si je leur présente mon plan, ils vont m'aider. Je vais essayer de louer un appartement ou une chambre en résidence.

— Je te le souhaite, Chuyên.

Après notre conversation, je me brosse les dents, puis je vais me coucher.

Tôt le lendemain matin, il pleut. « Merde, toute la neige que l'on a déménagée hier soir sera perdue! Pourvu qu'au sommet de la montagne, la température soit suffisamment froide pour que les précipitations tombent sous forme de neige. » Quand je passe à la cuisine pour me faire griller un bagel aux raisins, grand-papa a l'air déçu lui aussi.

— Il y a beaucoup de choses que l'on peut contrôler, mais la météo, on n'y peut rien, malgré tous nos efforts!

— Nous allons devoir tout recommencer, grand-papa.

— Après le déjeuner, je vais aller voir en haut s'il neige. Sinon, nous devrons peut-être attendre encore avant de provoquer une seconde avalanche.

Tout en mangeant, je lui annonce le plan d'études de Chuyên. Euclide semble trouver ça intéressant, quoique risqué. Il n'y a pas de pensions de retraite en cinéma. Je lui objecte que gérer un centre de ski, c'est aussi aventureux. Grand-père Poitras me donne 10 sur 10 pour ma réponse.

— T'as raison, c'est important de faire ce que l'on aime. Toi, est-ce que t'as une idée de tes projets pour l'an prochain ?

J'hésite longuement avant de répondre non. Pour être franc, je ne m'y suis pas arrêté. C'est sans doute un défaut que j'ai, mais je pense davantage au présent qu'au futur. Pour m'en sortir, je promets d'y réfléchir sérieusement. Nous quittons le chalet pour aller travailler sur les pentes. Malgré la pluie, quelques clients téméraires se trouvent aux guichets, donc toute la station doit être en état de fonctionner. Le temps du *farniente* arrivera à l'été.

La journée se déroule de façon monotone. Malgré la grisaille, les skieurs qui bravent les gouttes en bas se réjouissent des flocons qui s'accumulent au sommet. Je profite de l'accalmie pour affûter trois douzaines de paires de skis et serrer les vis sur certaines fixations de planche à neige. En fin d'après-midi, je rencontre Blanche pendant ma pause. Ses élèves ont annulé le dernier cours de la journée. Nous décidons d'étudier. Ainsi, elle pourra retourner chez elle plus tôt. Tantine Jé nous prépare de gros sandwichs à la dinde en guise de souper.

Le temps passe. La pluie cesse enfin. Mon étudiante s'en va, espérant que les routes ne seront pas glissantes. De mon côté, j'aide Tantine Jé à la vaisselle. J'en profite pour interroger un peu la copine de mon grand-père, car je ne saisis toujours pas l'origine de leur relation.

— Comment est-ce que t'as rencontré Euclide ?

— J'ai vu une petite annonce dans le journal. Je venais de perdre mon emploi à Vancouver, donc j'ai décidé de tenter ma chance ici. Je suis arrivée avec mes bagages et un plateau plein de petits gâteaux à la noix de coco. J'ai rencontré ton grand-père, je lui ai dit que j'étais la nouvelle cuisinière…

— Tu ne lui as pas laissé le choix ?

— Exactement. Quand je veux quelque chose, je l'ai ! ajoute-t-elle en me faisant un clin d'œil. On a travaillé ensemble un certain temps, puis… on a appris à se connaître… On avait des atomes crochus.

Nous finissons de laver la vaisselle et nous rangeons tout. Au moment de sortir pour me rendre au second chalet, j'entends un grondement sourd, déjà familier. Je lève la tête et je vois la neige descendre. Alerté par le bruit, Stanislav sort du chalet principal, une grande serviette sur la tête. Je l'apostrophe :

— Qu'est-ce que tu fais là ?

— Je me change au vestiaire, mes vêtements sont trempés.

— Alors, qui a déclenché l'avalanche ?

— Je ne le sais pas. Monsieur Poitras m'a dit qu'il souhaitait attendre à demain. Météo Média annonce plus de pluie pendant la nuit…

Nous sommes tous les deux inquiets. Stanislav prend sa radio-émettrice et tente d'appeler mon grand-père. Pas de réponse. En essayant de garder notre calme, nous enfourchons la motoneige de M. Mieszko et nous fonçons vers le sommet. «J'espère que tout est correct. J'espère que tout est correct.»

CHAPITRE 19

Recherches en montagne

Le moteur peine dans l'épaisse couche de neige, gracieuseté de cette avalanche surprise. Nous avançons tout de même rapidement. Stanislav et moi espérons que les pistes étaient vides lorsque la neige s'est mise à débouler. Jusqu'à présent, nous n'avons pas vu de traces de qui que ce soit. Tout à coup, le phare de notre véhicule éclaire le capot d'une motoneige. Je reconnais celle de grand-papa, renversée, sans doute par la vélocité et le poids de la neige.

Stanislav éteint le moteur. Il se précipite derrière son véhicule afin de fouiller dans le petit compartiment de rangement sous le siège. Il en sort deux lampes de poche, en allume une et me tend la seconde.

– Euclide ne doit pas être loin. Regarde partout, dans les arbres aussi, il a peut-être grimpé pour éviter l'avalanche.

– OK, pourvu qu'on le trouve !

La lune et nos deux lampes éclairent plus ou moins bien l'endroit où nous nous trouvons. Nos recherches sont ralenties par la neige qui nous fait enfoncer jusqu'aux genoux. Il me vient à l'esprit que mes raquettes seraient vraiment utiles. Toutefois, la situation est urgente, donc pas question de retourner chez moi pour aller les chercher. Découragé devant l'immensité du terrain à passer au peigne fin pour secourir mon grand-père, je m'empare de ma radio-émettrice et appelle des renforts.

Au bout d'une heure de recherche, nous sommes dix à balayer la neige avec le faisceau lumineux de nos torches électriques. Leah, le docteur Labonté, Tantine Jé et cinq employés de l'entretien des pistes nous ont rejoints. La copine de grand-papa s'embourbe continuellement, plus habituée à se déplacer dans sa cuisine que dans la neige. Elle se débrouille et couvre beaucoup de terrain, sans doute menée par la détermination de retrouver l'homme qu'elle aime.

Leah communique avec le service d'urgence de la région. Enfin, le bruit d'un hélicoptère fend l'air. Les agents braquent de puissantes lumières sur la surface que nous parcourons. En plus de cette aide du ciel, des secouristes arrivent en motoneige avec des chiens entraînés à dépister des humains pris dans des avalanches. Le responsable de cette équipe nous incite à faire vite, car l'oxygène se raréfie et chaque minute compte, pour une personne immobilisée sous la neige. Nous comprenons qu'il s'agit d'une question de vie ou de… mort, surtout qu'un peu plus de trois heures se sont déjà écoulées, depuis que nous avons entendu la détonation.

Trente minutes plus tard, nous trouvons une botte du modèle que porte mon grand-père. Elle pourrait ne pas lui appartenir ; après tout, une botte d'hiver noire, ce n'est pas hors du commun. Cette découverte nous donne un peu d'espoir, malgré les chances qui s'amenuisent.

Wouf... Wouf... WOUF, WOUF, WOUF! L'aboiement qui s'intensifie donne l'alerte. Malgré la neige, j'accours près du chien qui ne cesse de japper. À l'aide de nos mains et de pelles pliantes, nous creusons frénétiquement. À environ un demi-mètre sous la couverture neigeuse, nous frappons quelque chose de dur : le casque de grand-papa. Ce dernier le porte toujours. Cependant, Euclide gît là, inerte.

*   *

*

Le réveil sur ma table de chevet indique 5 h. Je ne me souviens pas de m'être couché, encore moins d'être allé au lit tout habillé... Je me lève pour chercher de l'eau dans la cuisine. Un doux ronflement me parvient du sofa. Je m'en approche et y trouve Tantine Jé. Se sentant épiée, elle ouvre les yeux.

— Cédric, viens t'asseoir. On va se parler.

— Comment est-ce que je suis arrivé ici ? Qu'est-ce qui s'est passé ? Grand-papa !

— Quand t'as vu Euclide, t'as fait une crise d'anxiété. Le docteur Labonté et moi t'avons ramené.

— Où est mon grand-père ?

— Il est... il est... dé... cé... dé, mon grand.

Tantine Jé fond en larmes. Je ne m'habitue pas à voir les adultes pleurer. Instinctivement, je me mets à lui frotter le dos entre les épaules. « Grand-papa est mort. Grand-papa est mort. » Cette nouvelle est fort difficile à avaler. Au bout de quelques minutes, je prends le téléphone et compose le numéro de mes parents. Mon père répond au troisième coup.

– Cédric ! Ça va ?

– Non, c'est pire que pire !

– Qu'est-ce qui se passe ?

– Grand-papa a eu un accident.

Mon père me promet de prendre le prochain vol pour Vancouver. J'entends sa voix qui s'alourdit, quand j'ajoute qu'il est devenu orphelin.

Tantine Jé et moi sortons prendre l'air. D'ailleurs, il faut commencer à travailler, grand-père Poitras ne fermerait pas sa station de ski. À l'extérieur, je ne peux m'empêcher de scruter le mont Renard. L'équipe d'entretien des pistes a aplati toute la neige provenant de l'avalanche. Au loin, j'aperçois Jimmy qui démarre le télésiège. Stanislav discute avec les détectives Paquette et Fiennes, près de La Tanière. Il me fait signe de me joindre à eux. Tous trois me saluent et m'offrent leurs sympathies. Puis, vient le temps d'aborder la raison de la présence de policiers, ici ce matin.

– Le décès de votre grand-père n'est pas un accident, déclare Paquette.

– Est-ce que vous avez des preuves de sabotage ?

– *Yes*, répond Fiennes.

– Le cadenas de l'entrepôt où l'on range la dynamite a été tronçonné. Seul le patron en avait la clé... précise Stanislav.

– De plus, votre grand-père savait orchestrer des avalanches, mais hier soir, toutes les mesures de sécurité ont été ignorées. Mon collègue et moi allons mener une enquête approfondie afin de trouver ce qui a causé la catastrophe. Nous aurons besoin de votre collaboration, monsieur Poitras.

Je demeure muet lorsque le policier Paquette me donne le titre réservé à mon père et à mon grand-père. J'acquiesce, puis les deux représentants de la loi entrent dans la cafétéria, pour interviewer le personnel.

Resté dehors avec moi, Stanislav se met à parler.

— Cédric, primo, quelqu'un a volé de la dynamite. Secundo, personne n'a demandé aux patrouilleurs de vider les pistes avant de déclencher l'avalanche... et... tertio, je n'étais même pas là! Ton grand-père et moi accomplissions toujours cette tâche ensemble. Cette histoire n'a pas de bon sens. Qui voudrait faire ça à ton grand-père?

— Je ne le sais pas, mais penses-y, ça pourrait être un employé. Wesley nous a bien causé des ennuis!

— J'y ai songé, j'ai même appelé à l'hôpital et Wesley est toujours là. Sa physiothérapie prend plus de temps que prévu et il y a un garde au pied de son lit.

Nous nous taisons lorsque Fiennes se pointe à l'extérieur. Il vient me demander s'il peut visionner les bandes-vidéo des caméras de surveillance. Je prends congé de Stanislav, qui m'annonce qu'il s'en va se coucher. Il me promet de trouver Bianca pour qu'elle s'occupe de la location et de venir reprendre son travail en début de soirée. Le policier me suit jusqu'à ma demeure. Depuis que grand-papa Euclide a fait changer les verrous, je n'ai plus accès à son bureau. Je monte fouiller sa chambre pour trouver la clé. Après une dizaine de minutes, je déniche un second trousseau dans le tiroir rempli de paires de bas et de bouteilles de pilules.

Fiennes et moi nous installons devant l'ordinateur du patron. Je suis heureux qu'il ne faille pas de mot de passe pour y avoir accès. Pirater son compte avec l'aide de Chuyên au téléphone me rendrait mal à l'aise, surtout devant un policier. En quelques clics de souris, nous ouvrons le fichier où s'enregistrent automatiquement les séquences filmées par la trentaine de caméras de surveillance. Après quelques tâtonnements, nous trouvons celle qui filme devant l'entrepôt et revenons sur toute la journée précédente. Personne jusqu'en fin d'après-midi, alors que deux individus apparaissent devant la porte, le visage dissimulé par des lunettes de ski et des masques en néoprène. Le plus grand tire une énorme paire de pinces de son sac à dos et coupe le cadenas, puis les deux voyous entrent dans la bâtisse. Quelques minutes plus tard, ils sortent avec des sacs alourdis par le matériel qu'ils viennent de subtiliser. Je me dis qu'un gardien de sécurité embauché pour visionner les vidéos de surveillance aurait pu sauver la vie de grand-papa.

— Sers-toi des autres caméras pour voir où ils vont, me demande Fiennes, en anglais.

Je clique sur « temps indiqué », en bas de la vidéo, pour régler les autres enregistrements à la même heure. Je vois les deux malfaiteurs partir en skis de fond. Fiennes tente de noter la description de chacun. Toutefois, leurs costumes noirs et leurs masques n'aident pas. L'un des truands est plus grand que l'autre, tous deux sont minces, une description applicable à des centaines de personnes dans la région. En peu de temps, les voleurs disparaissent dans le boisé. Peu importe la caméra que l'on emploie, on ne peut plus les localiser.

— S'ils sont montés pour installer la dynamite, ils doivent être redescendus après l'avalanche.

— *You're right*, répond le détective.

Alors, nous visionnons les vidéos subséquentes. Le travail est long. Paquette arrive avec un plateau que Tantine Jé nous a préparé. Tout en engloutissant de gros sandwichs au porc effiloché, nous continuons nos recherches. La qualité de l'image est réduite par la noirceur. Nous voyons tout de même deux silhouettes arriver en skis de fond au bas des pentes et se diriger vers le stationnement. Le détective Paquette note l'heure sur l'écran.

— Une heure après l'explosion, tout le monde aidait à retrouver votre patron. Donc, personne ne les a vus s'en aller, conclut Fiennes.

— Le film permet seulement de les voir monter dans un gros véhicule noir. Ça pourrait être n'importe quel modèle d'autant de marques, observe Paquette, l'air déçu.

Je copie les vidéos que nous avons examinées sur une clé USB, que je remets à Fiennes. Les policiers me remercient pour mon temps. Ils me demandent s'ils peuvent se servir des remonte-pentes afin d'aller explorer au sommet. Les deux hommes me suivent à la billetterie, où la préposée leur remet chacun un laissez-passer. Paquette et Fiennes se dirigent ensuite vers le téléphérique. De mon côté, je souhaite parler avec les employés afin de savoir si quelqu'un a des soupçons.

* *
*

À 17 h 25, mes parents arrivent. Ils garent le Ford Escape qu'ils ont loué tout près de notre résidence et me rejoignent dans la cuisine. Je prépare du spaghetti. Toutefois, les pâtes restent dans nos assiettes. Je raconte une fois de plus les événements qui ont mené au décès de grand-père Poitras. Puis, je continue avec l'enquête.

– Il faut trouver les coupables et les envoyer en prison! s'exclame Michel.

– On pourrait offrir une récompense aux témoins... suggère Viviane.

Au bout d'une autre heure de discussion, mon père me demande s'il peut emprunter mes raquettes. Il désire aller prendre l'air, question de se défouler et de s'éclaircir les idées. Ma mère m'aide à desservir et à laver la vaisselle. «C'est étrange comme un événement tragique peut rapprocher les gens», me dis-je.

CHAPITRE 20

L'héritage

LA FAMILLE POITRAS a le regret de vous annoncer le décès tragique de M. EUCLIDE POITRAS. Il était le fils de feu Hervé Poitras et de feu Lisette Bédard et l'époux de feu Évelyne Bissonnette. Il laisse dans le deuil son fils Michel (Viviane), son petit-fils Cédric, ses employés et ses amis. Les funérailles auront lieu au sommet du mont Renard, au coucher du soleil...

De toute évidence, la notice publiée dans les journaux a eu l'effet désiré. Tous les employés, de nombreux détenteurs de billets de saison, quelques amis, plusieurs anciens de la GRC, l'agent Paquette et son acolyte Fiennes et même les Jamieson assistent aux funérailles de grand-papa. Me Ogawa, l'avocat d'Euclide, nous a révélé les souhaits de son client concernant ses obsèques : il faut souligner sa vie et non sa mort.

Nous nous retrouvons au sommet du mont Renard, près d'un gros rocher face au soleil couchant. Le ciel se teinte de rose et d'orange, comme pour inviter à la célébration. Un prêtre récite une prière. Mon père et Clovis Papineau font l'éloge de l'homme qui vient de nous quitter. Puis, tous ceux qui le souhaitent racontent une anecdote à propos du défunt. Tantine Jé chante la chanson préférée de grand-papa, pendant que l'on enterre l'urne. À la fin, je m'approche du rocher et remarque, pour la première fois, des inscriptions taillées dans la pierre. Michel me chuchote que c'est le lieu de sépulture de ses grands-parents et de sa mère. Maintenant, les cendres de grand-père Poitras vont les rejoindre. Après la cérémonie, quelques personnes prennent le télésiège, mais les skieurs reçoivent des flambeaux et redescendent en procession. Au moment où la famille va entrer dans la file, les Jamieson viennent offrir leurs condoléances. Puis, ils glissent une carte d'affaires à mon père.

— Nous nous reparlerons, disent-ils, avant de se diriger vers la remontée mécanique.

Le lendemain avant-midi, nous avons rendez-vous avec Mᵉ Ogawa pour la lecture du testament. Il a accepté de se déplacer jusqu'au mont Renard, pour honorer la mémoire de son ami de longue date. Une fois sa berline garée, il se présente au chalet et nous l'invitons à passer au salon. L'homme de loi sort de délicates lunettes de lecture de la poche de son veston, les pose sur son nez, puis extrait de sa mallette de cuir une grande enveloppe beige. Il la décachète et en tire beaucoup de paperasse. Sans plus attendre, il entame la lecture du document. Il y a du bla-bla juridique au début. Un passage concerne Tantine Jé. L'avocat s'interrompt pour lui tendre une lettre. Les mains tremblantes, elle la parcourt lentement, en silence, puis nous dévoile que son copain lui a fait un chèque pour qu'elle puisse se rendre en France afin d'y étudier la gastronomie dans une école réputée. Elle nous révèle que c'est un rêve qu'elle chérissait depuis longtemps. La bonne amie d'Euclide fond en larmes. Maman lui offre un mouchoir et tente de la réconforter. Me Ogawa reprend sa lecture et là, trois phrases retiennent notre attention.

> *Je, Euclide Poitras, lègue la totalité des fonds de mon compte personnel ainsi que mon assurance-vie à mon fils, Michel Poitras. Le contenu de mon compte de banque commercial #459920 de la HSBC ainsi que mon entreprise, le mont Renard, iront à mon petit-fils Cédric Poitras. Advenant mon décès avant qu'il ait atteint l'âge de la majorité, soit dix-neuf ans, je désigne mon fils, Michel Poitras, comme tuteur et mon bras droit, Stanislav Mieszko, comme exécuteur testamentaire.*

Je n'arrive pas à le croire. Mon grand-père me donne son entreprise. Curieux, je demande à Me Ogawa quand le testament a été rédigé.

– Au mois de novembre dernier, monsieur Cédric. Il est venu me voir, jugeant que le moment était venu de disposer de ses avoirs.

Étonnamment, je ne cherche pas à savoir pourquoi mon grand-père a pris sa décision un peu avant que j'arrive chez lui.

*   *

*

Il reste une heure avant la fermeture, tout l'équipement loué est de retour. Alors, je décide d'aller skier un peu. Assis dans le télésiège, j'observe le paysage. « Tout cela m'appartient... » J'ai de la difficulté à comprendre ce qui a bien pu pousser mon grand-père à me léguer l'entreprise dont il était si fier, avant même d'avoir la certitude que je pourrais me redresser et réorienter ma vie. « C'est illogique ! » me dis-je à maintes reprises. J'ai beau essayer de concentrer sur mes virages et ma technique, je ne cesse de réfléchir à cela.

Mon père vient me rejoindre alors que je m'installe dans le remonte-pente une seconde fois. Il a emprunté des skis au comptoir de location. Durant presque toute l'ascension, nous ne nous disons pas un mot. Un moment donné, je romps le silence.

— Est-ce que tu savais que grand-papa m'avait légué la station dès le mois de novembre ?

— Oui, il m'en avait parlé.

— Pourquoi est-ce que vous ne m'avez rien dit ?

J'ai l'impression de lui soutirer un lourd secret, tellement il prend du temps à me répondre. On dirait que c'est douloureux, comme se faire arracher un diachylon d'un coup sec.

— Nous en avons discuté avant d'acheter ton billet d'avion pour Vancouver. P'pa songeait à t'offrir le mont Renard dès ton arrivée, pour que ça agisse comme motivateur... pour que tu te prennes en main une bonne fois pour toutes. Ta mère et moi lui avons demandé de patienter. Nous avions peur que la folie des grandeurs te monte à la tête et...

— Et quoi d'autre ?

— Euclide savait que mon travail me gardait très occupé à Ottawa et que je n'avais pas véritablement le goût de venir m'installer dans l'Ouest. Ton grand-père désirait que le centre de ski demeure dans la famille.

— OK, je comprends, mais sans l'accident, je n'aurais hérité de rien avant quelques décennies.

— Pour être franc Cédric, P'pa était très malade. Le docteur Labonté prédisait qu'il n'en avait plus pour longtemps...

— Hein ?

— Un cancer du cerveau le grugeait et il avait refusé les traitements de chimiothérapie.

Soudainement, je me souviens d'avoir vu grand-père Poitras se masser les tempes, avaler des comprimés, recevoir la visite du médecin à la maison... Puis, je revois toutes les bouteilles de médicaments que j'ai ignorées dans son tiroir de bas, lorsque je cherchais ses clés de bureau. Pourquoi ne m'a-t-il jamais rien dit ? Michel m'explique que son père n'aimait pas parler de ses problèmes.

— Il ne voulait surtout pas que tu demeures avec lui par pitié. P'pa souhaitait que tu aimes cette région et que tu y restes... contrairement à ce que j'ai fait, admet-il difficilement.

— Papa, lui aussi a eu une vie avant le mont Renard, il comprenait. T'aurais pu revenir après ta retraite...

Nous arrivons au sommet. Mon père choisit une piste et me fait signe de le suivre. Il s'arrête à côté de la pancarte qui annonce la piste appelée La Chouette. Je ne la connaissais pas encore.

— Je doute que tu le saches, mais cette pente commémore ta grand-mère. P'pa disait toujours que maman était sa chouette.

Voilà, j'apprends un autre secret. On m'a caché tant de choses... Maintenant, c'est le temps des découvertes, on dirait. Nous descendons cette belle piste vallonnée en pensant à ceux qui nous ont quittés.

* *
*

Après le souper, on cogne à la porte. Puisque je suis occupé à laver la vaisselle, ma mère va répondre. J'imagine sa surprise de voir Chuyên sur le seuil. Bien qu'elle n'apprécie pas mon ami, Vivianne l'invite à monter.

— Chuyên! Qu'est-ce que tu fais ici?

— J'ai lu dans le journal ce qui s'est passé, je n'ai pas pu assister aux funérailles, mais je suis venu pour t'aider. Maintenant que ton grand-père n'est plus là, il doit vous manquer une paire de bras.

— Wow, c'est super gentil. Oui, oui, tu pourrais aider. Mais, que va dire ton oncle? Qu'est-ce qui se passe avec ton projet d'études en cinéma?

— Mon oncle peut facilement se trouver un nouvel employé. Je me suis inscrit à des cours par correspondance à Ottawa, pour finir mon secondaire et j'ai fait une demande d'admission en cinéma à l'UBC pour la rentrée. J'espère que je vais être accepté.

Mes parents s'installent au salon afin de nous donner un peu d'espace. Mon ami finit d'essuyer la vaisselle, puis nous allons dans ma chambre afin qu'il puisse défaire ses bagages. Je trouve étrange de voir mes parents, Chuyên et moi réunis sous le même toit, dans l'Ouest.

CHAPITRE 21

Les factures

Maintenant que grand-père Poitras est décédé, j'en apprends beaucoup à propos de la gestion et des finances. En effet, lorsqu'une personne meurt, surtout de façon suspecte, les comptes de banque sont gelés jusqu'à ce que les avocats règlent tous les éléments liés à la succession. Quand on possède une entreprise, cette pratique engendre de nombreux problèmes. Non seulement devient-il impossible de régler les factures d'électricité et de taxes qui ne cessent d'arriver, mais il faut aussi payer les livraisons de nourriture, les primes d'assurances et les salaires des employés. J'espère que Me Ogawa va nous aider à débloquer des fonds.

Voilà deux semaines qu'Euclide est mort et mes parents sont toujours au mont Renard. La météo ne collabore pas, le nombre de skieurs baisse en flèche ainsi que les revenus. Nous n'avons pas eu beaucoup de temps pour vivre notre deuil, car il y a continuellement du boulot à accomplir. Michel tente de mettre de l'ordre dans la paperasse. Grand-papa gérait bien ses ressources humaines, mais on ne peut pas en dire autant de ses finances. Nous sommes en retard dans l'émission des chèques de paie. Afin d'apaiser les esprits, papa paye les mécontents avec son propre argent. L'entreprise le remboursera dès que possible. Entre-temps, Stanislav rencontre le gérant de banque pour négocier une solution. Le bras droit d'Euclide... euh... mon bras droit... travaille d'arrache-pied afin de vaquer à ses occupations habituelles et de surveiller la gestion des finances du mont Renard. Je comprends que les employés tiennent à recevoir leur salaire. Déjà que leur rémunération n'est pas élevée, ils comptent sur chaque dollar pour payer leurs factures. J'apprends à me distancier de la situation et ne me sens pas visé par leurs réclamations.

Le stress augmente à mesure que le temps passe. Entre l'enquête policière, la visite des assureurs, la grogne de certains employés, la légion de curieux et les journalistes assoiffés de potins, mes parents et moi sommes tiraillés de tous bords tous côtés.

— Ne t'inquiète pas trop, Cédric. Les questions de succession traînent toujours en longueur, mais tout va rentrer dans l'ordre, tu vas voir, dit mon père.

— C'est mieux, car on ne peut pas continuer comme ça.

* *
*

Je suis propriétaire désigné du mont Renard depuis près de trois semaines. Cette période n'a pas été de tout repos. Plusieurs employés ne se sont pas présentés au travail. De plus, notre fournisseur pour la cafétéria a téléphoné trois fois pour nous rappeler que notre compte était en souffrance. L'homme a même menacé d'ignorer notre prochaine commande. Évidemment, je le comprends, il gère une entreprise et non un organisme de charité. Heureusement, je reçois une annonce encourageante.

– J'ai de bonnes nouvelles, Cédric ! me dit mon père en entrant dans le centre de location. Le gérant de banque accepte de payer les fournisseurs et les employés, en plus de s'occuper des taxes et des dettes.

– Super, nous pourrons enfin dormir tranquilles !

– Stanislav va s'occuper de faire homologuer le testament et la succession va se régler aussitôt que possible, même si ton grand-père n'est pas décédé de mort naturelle. L'enquête va suivre son cours en parallèle. Comme nous n'avons rien à nous reprocher…

– J'espère que les coupables vont être arrêtés, j'en peux plus d'attendre !

Tout va tomber en place avant que la réputation du mont Renard ne soit compromise. Je suis soulagé. Malheureusement, les nouvelles voyagent rarement seules. Michel m'en dévoile une seconde quelques instants plus tard. En effet, mes parents vont retourner à Ottawa, chacun ayant épuisé ses congés de compassion et ses vacances.

– Écoute Cédric, je vais faire confiance à Stanislav, qui me tiendra au courant des finances. Il va signer les chèques, les employés pourront toucher leur salaire. En ce qui concerne les commandes, t'auras qu'à numériser les factures et à me les envoyer, une fois que Stanislav les aura payées. Je vous aiderai à tenir les livres.

— OK, c'est une bonne idée... mais... je ne peux pas prendre le contrôle tout seul ! J'vais avoir 18 ans dans quelques semaines, mais même là, les employés ne m'écouteront pas.

— Ton grand-père ne t'a pas légué son entreprise en pensant que ce serait facile. Lui aussi a dû imposer son autorité au début. Les employés étaient habitués à mes grands-parents, éventuellement ils ont accepté Euclide. S'il y a des problèmes majeurs, je crois que Stanislav et Tantine Jé pourront t'aider. Ils ont le respect des employés et des clients. Faut que t'aies confiance en toi, Cédric. La saison de ski tire à sa fin. On pourra penser à un autre plan pour l'an prochain, mais là on est en mode de survie.

Le discours de mon père m'incite à me débrouiller. Déjà, je commence à penser à différentes façons de m'affirmer. Grand-papa circulait beaucoup, il passait peu de temps assis derrière son bureau. Je conclus que je dois en faire autant. Je demanderai à Chuyên de s'occuper de la location d'équipement, ainsi je serai libre de me promener ici et là, afin de veiller à ce que tout se déroule bien dans ma station de ski !

Mon ami passe une journée entière avec moi pour apprendre comment fonctionne le système de location et comment faire des réparations mineures. Pour l'instant, j'envisage de farter et d'aiguiser skis et planches moi-même. Je crois important que mes salariés voient que je travaille fort moi aussi. Tout le monde vaque à ses occupations sans rechigner. Dans les jours qui suivent le départ de mes parents, le seul pépin survient lorsqu'un client fait toute une scène dans la cafétéria. Il crie et pousse des chaises. Malgré mon intervention, il continue de gueuler et de me postillonner dans la figure. Excédée, Tantine Jé décide de s'en mêler. Elle le soulève de terre, le place sur son épaule droite, telle une poche de patates, puis sort le déposer dans un banc de neige. Lorsque notre costaude cuisinière revient dans le chalet, une vague d'applaudissements l'accueille. « Papa avait raison, Tantine Jé ne laissera pas faire les nigauds. »

La vie reprend son cours. Je m'ennuie de grand-père Poitras, cependant, étant donné que Chuyên reste avec moi, je ne suis jamais seul. De plus, j'ai repris les séances de tutorat avec Blanche. Un soir, lorsqu'elle se pointe avec son manuel d'histoire, elle me remet une feuille blanche pliée en trois.

— Lis, m'ordonne-t-elle en me montrant la lettre que je tiens entre mes mains.

Mon amie vient d'être acceptée à l'université pour y faire un baccalauréat avec double spécialisation en sciences de la santé et en biologie. Je suis très heureux pour elle.

— C'est une offre d'admission conditionnelle. Il faut absolument que mes résultats demeurent élevés, ajoute-t-elle.

— Ne t'inquiète pas, tu vas le passer ton cours d'histoire, même s'il faut doubler nos heures de tutorat.

— Au prix que tu me charges, je ne sais pas si je peux me permettre ça, blague-t-elle.

— On s'arrangera autrement…

Après le départ de Blanche, je me mets à réfléchir. Chuyên et ma monitrice de ski préférée ont tous les deux des plans pour la rentrée. Moi, j'ai une entreprise, mais pas de plan d'études. « Il faut que je pense à quelque chose. »

CHAPITRE 22

Le piège

Pas de nouvelles des détectives Paquette et Fiennes depuis les funérailles d'Euclide. Afin d'assouvir ma curiosité, je leur passe un coup de fil. Paquette répond.

— Malheureusement, nous n'avons pas encore trouvé les coupables. Il est évident que votre grand-père a été victime d'un complot. La vidéo de surveillance montre bel et bien deux suspects entrer par effraction dans l'entrepôt où était rangée la dynamite. On les voit ensuite en skis de fond. Des gens qui pratiquent ce sport, dans la région, il y en a des tonnes. De plus, selon notre enquête, monsieur Poitras n'avait pas d'ennemis, les employés et les clients l'aimaient bien. À moins d'une vengeance liée à sa carrière dans la GRC, je ne vois pas…

— Peut-être que l'objectif n'était pas de le tuer, mais… de lui faire peur ou de nuire aux activités du mont Renard.

Ma suggestion intéresse le policier et je lui fais part de mes hypothèses. Il ne trouve pas mes preuves suffisantes. Penaud, je raccroche. En soirée, je reçois un texto de Sarah, s'excusant de ne pas venir à Pâques, faute de fonds pour le billet d'avion. « Bon, quand ça va mal, ça va mal », me dis-je.

Ce même soir, Stanislav, Tantine Jé, Blanche, Chuyên et Clovis viennent souper chez moi. Je leur prépare un bon goulasch, dans la mijoteuse. Une fois de plus, je nous régale d'une recette simple mais savoureuse, que j'ai dénichée sur Internet. Entre les cuillerées, j'explique pourquoi je les ai tous invités.

— J'ai parlé au détective Paquette aujourd'hui. Il n'a aucune piste valable. J'ai l'impression que très bientôt, le dossier va être relégué aux oubliettes.

— Il ne peut pas faire ça! La police doit trouver qui a déclenché l'avalanche et tué Euclide, dit Tantine Jé, outrée.

— Je le sais et c'est pour cette raison que vous êtes ici.

— Qu'est-ce que t'as en tête le jeune? me demande Clovis.

— Disons que je soupçonne quelqu'un.

— Ah oui? Qui? demande Blanche.

— Oui, dis-le-moi, que j'aille lui casser la gueule! s'exclame Stanislav.

Je laisse à mes convives le temps de reprendre leurs esprits. Puis, je divulgue mes doutes.

— Paquette m'a demandé à maintes reprises si grand-père Poitras avait des ennemis. Je suis sûr que de rares clients ou d'anciens employés ne l'apprécient pas trop, mais je crois peu probable qu'ils lui en veulent assez pour le tuer. J'ai pensé aussi à la possibilité qu'un escroc ayant passé du temps en tôle après avoir été arrêté par Euclide, quand il bossait pour la GRC, veuille se venger... Cependant, un criminel y serait allé plus directement.

— Attends, Cédric, peut-être que l'avalanche n'avait pas pour but de tuer ton grand-papa, dit Chuyên.

— Justement, c'est pour ça que j'ai réfléchi à d'autres solutions. Lorsque l'on déclenche une avalanche, c'est pour redistribuer la neige. Stanislav et son équipe ont ensuite besoin de plusieurs heures pour gérer tout cet influx. N'est-ce pas ?

— Oui, en plus de l'entretien régulier, confirme le spécialiste.

J'avale une grande gorgée d'eau. Cinq paires d'yeux me regardent intensément. Mes amis et collègues veulent bien savoir où je veux en venir. Alors, je reprends la parole.

— Bon, déclencher une avalanche coûte déjà de l'argent en heures supplémentaires pour étendre la neige. Normalement, Leah et son équipe s'assurent que toutes les pistes sont vides. Encore du temps à payer pour éviter les accidents. Tout client ou employé pris dans le flot de neige peut intenter une poursuite. Donc, peu importent les circonstances, il y a des risques et court-circuiter la procédure entraîne sûrement des ennuis.

— Accouche, Cédric ! lance Clovis.

— J'y arrive. Qui pourrait vouloir que l'on ait des problèmes ? Qui pourrait désirer nous pousser à la faillite ? Qui pourrait se réjouir de nos difficultés et même du décès du patron ?

— Les Jamieson ! disent en chœur Blanche et Tantine Jé.

— Voilà ce que je crois aussi. Ils étaient super frustrés que grand-papa refuse de vendre. Maintenant qu'il est mort, ils pensent certainement que mon père et moi allons nous départir du mont Renard pour nous enrichir rapidement.

— Ils étaient aux funérailles, rappelle Stanislav.

— Oui, ils ont remis une carte d'affaires à mon père, puis ils sont redescendus en télésiège.

Nous discutons encore pendant une heure. Chuyên nous sert de la crème glacée à l'érable pour dessert. Maintenant que j'ai présenté mes soupçons et leur fondement, tout le monde cherche une façon de prendre les Jamieson en défaut.

— Si les policiers ne font rien, nous devons agir nous-mêmes, avance Tantine Jé.

— T'as raison, mais comment les faire confesser leur crime sans qu'ils se rendent compte qu'on leur tend un piège ? demande Stanislav.

— J'ai une idée, déclare Blanche. Cédric, peux-tu rejoindre ton père sur Skype ? On va avoir besoin de son aide.

Je cours chercher mon ordinateur portable dans ma chambre. En quelques clics, je fais apparaître mon père en pyjama, à l'écran. Il salue tout le monde assis autour de ma table. En entendant nos voix, ma mère vient le rejoindre. Puis, nous parlons de stratégie.

— Si vous faites semblant de vouloir vendre parce que vous trouvez trop compliqué de vous occuper du mont Renard à partir d'Ottawa, les Jamieson viendront vous voir illico presto.

— D'accord Blanche, mais qu'est-ce qu'on fait ensuite ?

— Bonne question, papa. Il faudrait trouver une façon de leur faire tout avouer...

— Pourquoi ne pas les filmer, monsieur Poitras ? Comme ça, on aurait une preuve.

— C'est une bonne idée Chuyên, mais il faudrait un prétexte solide pour qu'ils se confient... Ils ne le feront pas juste comme ça...

— Bien vu, papa. Ils ne diront rien devant nous... mais... si quelqu'un d'autre les pousse un peu... j'sais pas... en les faisant chanter...

— En demandant d'être payé comme Wesley ? propose Tantine Jé.

— Oui, ça pourrait fonctionner ! Laissez-nous y penser un peu et vous revenir.

Papa nous salue, puis l'écran s'éteint. Je me lève afin d'aller préparer du café et du thé à la menthe. La soirée sera longue, mieux vaut avoir quelque chose à boire.

Deux heures passent avant que mon père ne rappelle. Il pense que le plan que nous avons élaboré pour piéger les suspects a du potentiel et il accepte de venir nous aider. Ma mère lui a trouvé un billet d'avion de dernière minute, à prix raisonnable. Cependant, elle nous avertit, étant journaliste judiciaire, que la preuve obtenue en filmant les coupables à leur insu ne pourra pas être utilisée contre eux. Il faudrait sans doute que les policiers puissent les prendre sur le fait. Je lui promets d'entrer en communication avec Paquette et Fiennes afin de les informer de notre plan. Par ailleurs, mon père confirme qu'il a déjà donné un coup de fil aux Jamieson. Le couple est ravi et prêt à venir le surlendemain à la station de ski pour discuter. Avant de raccrocher, Michel m'avise du numéro de son vol sur WestJet.

* *
*

Après mon déjeuner, j'emprunte la camionnette de grand-papa pour me rendre à Vancouver. Papa arrive 30 minutes en retard, car le décollage a été retardé à l'aéroport Macdonald-Cartier, où des employés ont dû réparer une soute à bagages qui ne fermait pas.

Dès qu'il a placé son sac de voyage sur la banquette entre nous deux, je me remets en route vers le centre de ski. Tout au long du chemin, nous repassons le canevas de notre guet-apens. Il nous paraît maintenant indispensable que les policiers soient témoins des aveux que nous souhaitons arracher aux coupables. Les trois heures filent rapidement, à échanger nos idées. Nous avons hâte de mettre notre plan à exécution.

Tôt le lendemain, nous rejoignons Stanislav, Clovis, Tantine Jé et Blanche à La Tanière avec Chuyên. La cuisinière sert du café et des brioches. Nous confirmons le rôle de tout un chacun dans le complot, puis nous nous dispersons. Nul besoin de montrer aux Jamieson que l'on planifie quoi que ce soit. À 9 h 30, nous entendons le bruit d'un hélicoptère qui descend. Papa et moi sortons à la rencontre des acheteurs.

— Bonjour monsieur et madame Jamieson.

— Bonjour monsieur Poitras et... monsieur Poitras, font-ils, en nous serrant la main.

Michel les invite à passer au salon et leur offre une tisane, qu'ils acceptent gracieusement. Le couple va s'asseoir sur le divan pendant que mon père prépare les tasses. Je ne sais pas quoi dire. L'homme se met à me poser des questions sur mes études. J'avoue n'être pas certain du domaine dans lequel je veux étudier. Papa me tire d'embarras en venant nous rejoindre.

– Je sais que vous êtes très occupés, comme nous. Alors, parlons affaires.

– D'accord, Michel. Je peux vous appeler par votre prénom, oui ? Nous avions fait une offre très généreuse à votre père avant son accident, commence monsieur Jamieson.

– Nous sommes prêts à vous faire la même proposition, soit huit millions de dollars, poursuit sa femme.

– Huit millions ! m'exclamai-je.

– Cédric ! gronde mon père.

– Oui, nous ne pouvons vous offrir plus, car moderniser le centre de ski nous coûtera une fortune, précise le promoteur.

– Je comprends... Dites-moi, quels sont vos plans ? Je ne pourrai pas vivre avec moi-même si le domaine de mes grands-parents est métamorphosé jusqu'à devenir méconnaissable.

Après cette remarque de mon père, le couple se met à décrire sa vision. Ni le nom du centre ni ceux des pistes ne changeront. Le gros des investissements ira aux infrastructures. Mon père hoche la tête, l'air très excité par les propositions.

– Papa, je ne suis pas certain de vouloir vendre. Grand-père Poitras ne voulait pas se départir du mont Renard... et... maintenant, il m'appartient !

– Cédric, ce n'est pas le temps ! Comme c'est écrit dans le testament d'Euclide, tant que t'auras pas 19 ans, c'est moi qui décide. Un point c'est tout. Pis, même si tu le gardes, comment veux-tu t'en occuper ? T'as même pas idée du domaine dans lequel tu veux étudier l'an prochain.

– C'est ça, comme toujours, fais à ta tête !

Je pars en claquant la porte, apparemment insensible à la surprise des Jamieson. Aussitôt, je cours me cacher dans la camionnette de grand-papa, garée à côté. De cet endroit, j'épie mon père et le couple lorsqu'ils sortent du chalet et se rendent au télésiège principal. Michel leur a demandé de l'accompagner au sommet, afin de mieux visualiser les modifications qu'ils désirent apporter à la station de ski. Les Jamieson le suivent, sans rien soupçonner. Une fois certain qu'ils ne peuvent pas me voir, je me rends à La Tanière rejoindre Stanislav qui va enclencher la prochaine étape.

– C'est beau, ils sont en train de monter. Ah! Ils viennent d'arriver.

Posté au sommet et feignant de prendre des photos, Clovis vient de m'appeler sur son téléphone cellulaire.

Stanislav empoigne sa radio-émettrice, puis il communique avec mon père.

– Monsieur! Il y a un problème.

– Qu'est-ce qu'il y a, Stanislav?

– C'est votre gars, je pense qu'il est en maudit... Il vient de foncer dans la cafétéria avec la camionnette d'Euclide! Il n'arrête pas de crier que s'il ne peut pas garder son héritage, personne ne l'aura!

– Quoi? Le petit verrat! Essaie de le retenir avant qu'il fasse d'autres dommages, j'arrive!

Michel coupe la communication avec nous, comme prévu, et explique à ses hôtes qu'il doit redescendre calmer son fils. Je donne une tape amicale sur l'épaule de Stanislav et le félicite pour son talent de comédien. L'homme sourit.

«Super, maintenant c'est au tour de Blanche et Chuyên», me dis-je, avant d'envoyer un texto à mes amis. J'enfile mon manteau, puis je m'empresse de me rendre au bureau et m'installe devant l'ordinateur. L'expert a tout préparé. Il a installé une caméra GoPro sur le casque protecteur de Blanche et branché les éléments nécessaires. Nous utilisons la technologie dont se servent les skieurs et les planchistes pour enregistrer leurs exploits dans les parcs à neige ou pour filmer leur progéniture à ses débuts en sports de glisse. Facile ensuite de transmettre leur film sur les réseaux sociaux à l'aide d'Internet. Dans notre cas, il s'agit d'un outil d'espionnage. Les Jamieson n'y verront que du feu. Grâce à un routeur IP, la caméra enverra directement la vidéo sur le disque dur de mon ordinateur. Il ne reste plus qu'à m'assurer que les policiers sont en route, une démarche simple, mais essentielle. Chuyên me répond qu'il est déjà au sommet avec l'agent Paquette, vêtu en civil. Ils feignent de consulter une carte des pistes, non loin des Jamieson.

De mon poste, je distingue clairement le panorama que regarde Blanche du haut du mont Renard. Puis, Clovis apparaît à l'écran, toujours à jouer les photographes. Plus loin, les Jamieson semblent grelotter de froid. Mon amie s'en approche et s'adresse à eux.

— Bonjour ! Vous êtes les Jamieson, n'est-ce pas ?

— Oui... euh, comment le savais-tu ?

— Bien, madame, j'ai vu votre hélicoptère ! C'est pas mal rare dans le coin, sauf pour ceux du service d'urgence. C'est vraiment impressionnant. Ça vous prend combien de temps pour vous rendre d'ici à Vancouver ?

— Quelques minutes, admet monsieur Jamieson, en souriant.

Blanche se présente et leur fait la conversation encore quelques minutes. Je voudrais que la monitrice saute à l'enquête plus rapidement, mais je sais qu'elle procède lentement pour ne pas éveiller les soupçons.

— Je m'excuse de vous demander ça, mais... la rumeur dit que vous êtes là pour acheter la station de ski... Si vous réussissez à convaincre Cédric de vendre, est-ce que vous allez garder le personnel ? Je suis pas mal inquiète, j'ai été acceptée à l'université et je dois travailler pour payer tout ça.

— Ceux qui travaillent bien, je ne vois pas pourquoi on s'en débarrasserait... répond monsieur Jamieson.

Mon amie soupire de soulagement. Elle offre alors au couple, s'il veut améliorer sa technique, de suivre une leçon de ski alpin avec elle pour augmenter ses revenus.

— Merci bien, Blanche, mais nous ne faisons pas de ski alpin.

— Nous sommes des adeptes du ski de fond, déclare madame Jamieson.

— Euh, dommage... Écoutez-moi s'il vous plaît... Mes études vont me coûter vraiment cher... Si vous avez besoin de quelqu'un de fiable, pour le genre de services que Wesley vous rendait... je peux vous aider.

— Quoi ? De quoi parles-tu ? demande monsieur Jamieson.

— Bien, je sais que vous avez payé Wesley pour qu'il sabote les activités du mont Renard.

— Comment t'as su ça ?

— Chut, Martha !

— Trop tard, monsieur Jamieson. Votre femme vient de me l'avouer. Je parie que vous avez aussi volé de la dynamite et que vous avez déclenché l'avalanche...

Je vois Jamieson saisir le bras de Blanche. Étant donné qu'elle porte la caméra sur sa tête, je ne peux pas voir son expression à elle. Je me doute qu'elle doit ressentir un début de trouille.

— Je ne sais pas pour qui tu te prends, mais si tu penses nous faire chanter, crois-moi, on est des adversaires de taille, menace l'homme, en la bousculant.

— N'oublie pas que nous donnons beaucoup d'argent à l'université, ce qui nous permet d'exercer pas mal d'influence... Il serait dommage que ton admission soit révoquée, précise madame Jamieson.

— Rien ne nous arrêtera, surtout pas une chipie comme toi. T'es mieux de surveiller tes arrières... Un accident se produit si vite, ajoute son mari.

J'aperçois un mouvement sec. Blanche vient de frapper le bras de son assaillant avec son bâton de ski. Elle tente de se tirer de là, mais Mme Jamieson lui saute dessus. Clovis a lâché sa caméra et arrive à vive allure. Il retient la dame assez longtemps pour que la monitrice puisse se dégager. Chuyên fait irruption dans mon champ de vision avec le détective Paquette. Ce dernier dégaine son pistolet et présente son insigne. Il déclare que le couple est en état d'arrestation pour avoir proféré des menaces. J'espère qu'ils ont tout vu et surtout, entendu... Puis, je vois une piste défiler rapidement devant Blanche. Quelques instants après, Le Carcajou la dépasse. « Il est vraiment en forme le vieux ! »

Je me dépêche de sortir du bureau. Mon père me rejoint et nous retrouvons Tantine Jé et

Stanislav à l'extérieur, pour l'ultime étape de notre complot. Feignant la panique, nous expliquons au pilote d'hélicoptère que Mme Jamieson a eu un accident et qu'il faut aller la chercher en haut des pentes. L'homme se méfie un peu, mais il ne veut pas d'ennuis, donc il gagne la cime du mont Renard au plus vite, avec nous à bord pour le guider.

J'apprécie mon premier tour d'hélicoptère. Les dix premières secondes paraissent étranges, car l'appareil vole à quelques centimètres du sol. Puis, hop ! Nous voilà partis. En quelques minutes, le pilote atterrit sur le pic du mont Renard. Les Jamieson échappent au détective et courent vers l'engin. Ils sont étonnés quand Tantine Jé, Stanislav, Michel et moi en descendons. La copine de mon grand-père saisit Mme Jamieson par les épaules, d'une poigne de fer. De son côté, Stanislav retient M. Jamieson. Ils remettent leur prise à l'agent Paquette, qui a l'air un peu débordé. En bas, les gyrophares et le cri strident de la sirène annoncent l'arrivée d'une deuxième voiture de patrouille, conduite par Fiennes.

CHAPITRE 23

La tête à la fête

Une semaine s'est écoulée depuis le piège que nous avons tendu aux Jamieson. Nous avons maintes raisons de festoyer.

D'abord, notre plan a réussi. Chuyên a transféré la vidéo sur sa tablette et l'a montrée aux détectives. Fiennes et Paquette comptent s'en servir pour appuyer leur version des faits. Je comprends que la procédure sera longue, étant donné le sérieux des accusations et le fait qu'il y a eu meurtre prémédité. Après avoir exigé la présence de leurs avocats, M. et Mme Jamieson sont demeurés muets. Le lendemain de l'arrestation, Paquette a avisé mon père qu'ils avaient été libérés sous caution jusqu'à leur comparution. Une interdiction de s'approcher à moins d'un kilomètre de notre centre de ski leur est imposée, afin de nous protéger. Cette nouvelle nous rassure. Mon père et moi avons engagé un avocat afin de nous préparer à un éventuel témoignage.

Ensuite, le 24 avril, nous soulignons mon anniversaire. Ma mère vient nous rejoindre d'Ottawa. Nous invitons Blanche, Stanislav, Tantine Jé,

Chuyên, Clovis, Leah, Jimmy et le docteur Labonté à célébrer mes 18 ans. Mes parents organisent un pique-nique dans le refuge temporaire, au sommet de la montagne. Nous nous régalons d'un festin, dont un succulent gâteau au chocolat de quatre étages ! Nous mangeons, parlons et rions pendant des heures. Plus tard, je m'éclipse vers le rocher qui sert de pierre tombale. Je parle tout bas.

— Grand-papa, j'espère que t'es fier de nous. On a trouvé qui te causait des ennuis. De plus, ça va mieux avec mes parents... et... papa s'intéresse au mont Renard.

— Tu sais, Euclide voudrait que tu t'amuses.

Je me retourne pour voir à qui appartient la voix qui interrompt ma confidence. Clovis me regarde un instant, puis il m'invite à retourner au refuge.

— Il nous manque un joueur, Stanislav brasse déjà les cartes, grouille-toi.

J'emboîte le pas au Carcajou, jusqu'au chapiteau.

Troisième raison d'être dans un esprit de fête, la saison achève. Les conditions de glisse ont été spectaculaires. Tel que le veut la coutume, nous tenons une fiesta pour remercier les clients et les employés, sans qui le centre ne pourrait pas fonctionner. Une dernière bordée de neige nous permet de garder la station en marche une fin de semaine de plus. Dès le second lundi de mai, ce sera le temps de passer aux activités printanières, quoique le sommet demeure enneigé à l'année. La majorité des détenteurs de billets de saison ont déjà renouvelé leur abonnement. Tous nos employés, à l'exception de Blanche qui s'en va étudier en ville, ont signalé leur intérêt à reprendre leur poste pour la prochaine saison.

Avec l'aide de Tantine Jé, un gros barbecue rassemble tout le monde. Étant donné que mes parents sont retournés dans l'Est, je gère la fête moi-même. Pour la dernière fois de la saison, j'enfile le costume de René le Renard. Les jeunes sont contents de revoir notre mascotte, absente depuis le décès de grand-père Poitras. Je profite d'un moment d'accalmie pour me glisser en douce au vestiaire. J'ai très chaud et à titre de propriétaire du mont Renard, je dois être visible. Blanche m'escorte jusqu'à mon casier et, en un geste assez émouvant, vient donner un câlin à René. La monitrice fond en larmes, alors je la serre plus fort. Je veux enlever le gros masque de peluche, mais c'est impossible, car il me faudrait lâcher Blanche.

— Qu'est-ce qu'il y a ?

— Depuis deux ans, je suis des cours à l'école et j'offre des leçons ici… et maintenant… c'est fini.

— Blanche, tu seras toujours la bienvenue, tu auras des congés à l'université. Alors, tu pourras revenir ici.

— C'est vrai ? répond-elle en tentant d'étouffer un sanglot.

— Éventuellement, tu pourrais faire comme le docteur Labonté et devenir patrouilleuse. T'aurais une passe de ski gratuite !

Mon amie se met à rire. Elle m'avoue que ses clients, ses collègues… et moi allons lui manquer. Je la rassure en disant que je continuerai de l'aider en histoire jusqu'à la fin de l'année scolaire.

CHAPITRE 24

Les grandes décisions

Terminé! Je viens de finir mon dernier examen de fin de session. Le temps des vacances débute quoique, vu que je gère une entreprise, j'ai toujours du travail. En ce mois de juin, je prends une décision cruciale au sujet de mon avenir. Je suis conscient que la plupart des établissements post-secondaires n'acceptent plus d'inscriptions pour la session d'automne. Je dois tout de même me brancher...

Afin de répondre à ce grand questionnement, je consacre des heures à lire une foule de prospectus. Quelques nuits sans sommeil ne réussissent pas à guider mon choix. Fatigué de l'insomnie, je décide d'aller faire de l'exercice. Je lace mes bottes de randonnée, je place deux bouteilles d'eau, un sandwich, une pomme verte ainsi qu'un contenant d'amandes enrobées de chocolat dans un sac à dos, puis je sors. Direction : le sommet du mont Renard. Malgré le soleil de ce début d'été, la chaleur n'est pas encore accablante, surtout à l'aurore. Pour faciliter mon ascension, je choisis une piste de débutants. De cette façon, le dénivelé sera graduel. Je m'arrête souvent au pied des arbres afin de profiter de l'ombre. Après trois heures de marche, j'arrive à la cime de ma montagne.

Nous avons démonté le chapiteau en prévision de la reconstruction du refuge durant l'été. Nous avons tout de même laissé quelques tables de pique-nique, j'en choisis une où je m'assois pour dévorer mon sandwich. Une fois rassasié, je me promène aux alentours. J'observe le panorama. Les montagnes verdoyantes, les vallées ombreuses, les cours d'eau scintillants... impossible de s'inventer un paysage aussi beau.

Toujours admiratif, je me rends au lieu de sépulture de mes ancêtres. Sans leur vision, leur passion et leur persévérance, le mont Renard ne serait qu'une montagne à l'état sauvage parmi tant d'autres. Même si je suis seul, je me mets à parler.

– Grand-papa, qu'est-ce que je devrais faire ? Je ne peux pas tout accomplir à la fois. Mes parents veulent que j'aille à l'université. Toi, tu voulais que je m'occupe du centre de ski. Pis, moi... j'suis perdu. C'est une chance que la saison se soit assez bien terminée. Je ne connais rien en administration... À voir comment j'ai réussi à piéger les Jamieson, je me dis que le travail de policier est peut-être ce que je devrais viser. Moi, policier, ça serait vraiment le comble ! Après toutes les fois où je me suis fait prendre par les flics ! Non, ce n'est probablement pas une bonne idée. Mais quoi alors ? Il y a toujours l'option de vendre. Je sais que t'étais contre, mais faut aussi être réaliste. Papa ne laissera pas tomber sa carrière à Ottawa pour s'installer dans l'Ouest. Si je vais étudier en ville, je ne pourrai pas être ici pour gérer le centre. Grand-papa, éclaire-moi !

Je n'entends pas de coup de tonnerre, il n'y a pas d'éclair ni de voix menaçante. Le rocher ne bouge pas non plus. Toujours sans indice, je décide de redescendre. En me dirigeant vers le même sentier que j'ai emprunté plus tôt dans la journée, je vois un renard sortir de la forêt. Il me fixe un instant, puis il disparaît.

Je perçois son apparition comme un signe. Je dois demeurer ici. Mon legs va dicter ma vie. C'est décidé, je vais m'inscrire à l'Université de la Colombie-Britannique en administration et en marketing. Cependant, j'opte pour des cours à distance pendant la saison de ski. Ainsi, je pourrai veiller sur mon entreprise. Grâce à Skype, je communique la nouvelle à mes parents. Ils sont bien heureux que je n'abandonne pas les études. Mon père me fait promettre de donner une promotion à Stanislav afin qu'il devienne gérant, du moins pour les quatre ans requis pour compléter mon baccalauréat. J'accepte sans rechigner. Michel a raison, afin de mener à terme mes projets, j'aurai besoin d'aide... et d'argent.

Une idée me vient en tête pour garder le mont Renard tout en engrangeant des profits. Il nous faut offrir de l'hébergement, comme le font les autres destinations d'envergure. D'autant plus que notre situation géographique, pour les amateurs de Vancouver, rend illogique de venir skier uniquement pour une journée. Les Jamieson avaient raison de vouloir moderniser la station. Toutefois, je ne veux pas de leur approche. Pour moi, il faut que le centre demeure modeste et que toute nouvelle infrastructure s'agence avec le paysage.

Pendant deux semaines, je m'éloigne de mon domaine. En complet cravate, je me présente à une dizaine de banques, de Vancouver à Victoria. Aucune ne veut courir le risque de prêter à un ado sans expérience, même avec le mont Renard en garantie. Je suis fort découragé. Tout le monde me dit que j'ai beaucoup d'ambition et que mon projet serait très rentable, mais personne ne veut m'aider!

Quelques jours plus tard, je reçois un appel du gérant de la succursale de la Toronto Dominion, que j'ai rencontré préalablement.

— Ici Denis Clermont, de la TD. J'ai une solution pour vous.

— Vraiment? Dites-moi ça.

— Ma banque ne pourra pas vous prêter les fonds que vous avez demandés, de ce côté-là il n'y a pas de changement. Toutefois, j'ai discuté de votre projet avec une cousine qui demeure à Calgary. Elle serait très intéressée à investir... Voici ses coordonnées.

Je n'en reviens pas. Enfin, quelqu'un a confiance en mon projet. J'appelle la dame en question. Sophie Clermont me confirme qu'elle désire me rencontrer pour parler affaires. Nous nous donnons rendez-vous deux jours plus tard.

Mme Clermont arrive au volant d'une Lexus hybride. Elle et sa partenaire d'affaires, Linda Jackson, se présentent. Le duo a fait fortune dans l'immobilier à Calgary et souhaite élargir son territoire. Nous nous promenons pendant deux heures. Mme Jackson prend une multitude de photos. De son côté, Mme Clermont note des observations sur sa tablette. J'invite les femmes à venir se désaltérer chez moi.

– Monsieur Poitras, c'est fantastique ici. Ç'a très peu changé depuis ma dernière visite, il y a près de vingt ans, me confie Mme Jackson, en anglais.

– Je crois fermement que l'on pourrait ajouter des condos et une auberge, qui ne détonneraient pas dans le paysage et conserveraient le cachet vieillot de votre propriété, ajoute sa partenaire.

– Super. Je tiens absolument à ce que la construction respecte l'environnement et se fasse avec des matériaux écologiques.

– Ne vous inquiétez pas pour ça. Nous serons partenaires dans le seul centre de ski certifié LEED platine! s'exclame Mme Clermont.

Nous sommes sur la même longueur d'onde. J'en suis très fier. Une date est déterminée afin que nos avocats se rencontrent, question de rédiger un contrat. Ma vision va enfin se concrétiser.

Mes associées et moi convenons d'attendre un peu pour la modernisation des remontées mécaniques. L'équipement que nous possédons est en bon état malgré son âge. Au bout de deux à trois ans, l'auberge et les condos prendront forme. Des matériaux recyclés et réutilisés seront employés. De plus, tout le chauffage utilisera un système géothermique. Pour l'électricité, nous hésitons entre des panneaux photovoltaïques et des éoliennes. Je préfère le premier choix, car les panneaux sont plus discrets. Étant donné que de nombreux arbres seront abattus, nous allons non seulement en utiliser le bois, mais aussi en planter le même nombre un peu partout sur notre propriété. Nous laisserons la plus petite empreinte écologique possible. Notre projet avance!

Épilogue

Voilà déjà cinq ans que l'on m'a obligé à quitter Ottawa afin de réorienter ma vie dans l'Ouest. Mon héritage a pris de l'ampleur, je m'y consacre entièrement. La saison de ski que nous entreprenons aujourd'hui marque le 75ᵉ anniversaire de la station. Trois grosses tempêtes automnales ont laissé une imposante bordée de neige, permettant d'ouvrir plus tôt que d'habitude. Mes partenaires m'ont poussé à inviter les médias pour publiciser l'événement. Il y a donc une multitude de journalistes, pour la télé, la radio et la presse écrite, ainsi qu'une bonne représentation de blogueurs de sport et de voyage écoresponsable, devant La Tanière au pied du mont Renard, en ce 28 novembre 2015.

Même après avoir tenu un rôle principal dans un court métrage de mon ami Chuyên, je ne suis toujours pas à l'aise devant la caméra. Je réponds rapidement aux questions du journaliste venu m'interviewer. J'espère que les téléspectateurs ne verront pas la sueur qui perle sur mon front.

— Ici Jean-Christophe Alphonse, de Radio-Canada, en direct du mont Renard, dans les Rocheuses de la Colombie-Britannique. Les médias ont été convoqués afin de souligner les 75 ans de ce centre de ski alpin, un endroit riche en histoire et un lieu idéal pour les véritables adeptes des sports de glisse. J'ai présentement à mes côtés monsieur Cédric Poitras, le propriétaire de la station de ski du mont Renard. Monsieur Poitras, vous en êtes le troisième propriétaire. Sous votre règne, de nombreux changements ont été mis en branle. Croyez-vous que votre grand-père approuverait les modifications que vous avez apportées à son domaine ?

— Bien, monsieur Alphonse, c'est difficile de le lui demander... il a été assassiné. Comme vous le savez, les coupables ont été jugés, ils purgent tous les deux leur peine à l'heure où on se parle.

— Euh, ... bien... monsieur Poitras, vous n'êtes pas de la région. Pourquoi avez-vous décidé d'élire domicile ici ?

— C'est bien simple. Ma véritable histoire a débuté ici.

— Pouvez-vous préciser ?

— Avant, les ennuis me collaient à la peau comme la peste. Disons que lorsque l'on frappe le fond du baril... ça fesse. Mes parents m'ont envoyé ici en novembre 2010, pour que mon grand-père me mette du plomb dans la tête et... m'apprenne à aimer autre chose que l'interdit. Leur plan a fonctionné, car je ne pourrais plus me passer du mont Renard.

— Revenons à la transformation de ce centre de ski...

— Grand-père Poitras ne voulait pas qu'il y ait d'expansion. Toutefois, pour que le centre demeure profitable, je n'ai pas eu le choix. Je me suis joint à mes associées, mesdames Clermont et Jackson. Nous sommes en train de créer un complexe de villégiature qui se marie harmonieusement avec la nature.

— Vous avez aussi une annonce à faire, je crois ?

— Oui. Aujourd'hui marque le baptême d'une nouvelle piste, qui portera le nom de mon grand-père, Euclide Poitras.

M. Alphonse me pose encore quelques questions avant de partir avec son caméraman pour saisir des images des lieux. Je suis soulagé que l'entrevue soit terminée. Maintenant, j'ai simplement le goût de profiter de cette belle journée ensoleillée. Il n'y a pas trop de clients, malgré les festivités. Je veux profiter de la température clémente et de l'abondance de neige au sommet pour skier avec ma fiancée, Blanche.

À propos de l'auteur

Né à Ottawa, Pierre-Luc Bélanger montre, dès son plus jeune âge, un intérêt marqué pour la lecture. Insatiable, il s'intéresse à tout, contes, romans, BD, magazines, même à ce qui est écrit sur les emballages! Toutefois, il préfère les polars et les romans du terroir. Une fois au secondaire, il se lance dans l'écriture, en français et en anglais, de chansons, de poèmes, de scénarios, de pièces, de nouvelles littéraires et de romans.

Il poursuit des études à l'Université d'Ottawa où il obtient un baccalauréat en lettres françaises et en histoire, puis un autre en éducation, avant de compléter une maîtrise en leadership en éducation. Depuis, il est enseignant de français au secondaire et conseiller pédagogique en littératie dans un conseil scolaire à Ottawa.

Dans ses temps libres, Pierre-Luc dévale les pentes en ski alpin, sillonne des lacs en ski nautique et se balade en kayak. Fervent voyageur, il a visité dix-sept pays dans le monde et, pour lui, ce n'est qu'un début !

En publiant son deuxième roman, *Ski, Blanche et avalanche*, ce pédagogue poursuit son rêve, soit celui de raconter aux adolescents une aventure qui saura leur donner le goût de la lecture et – qui sait peut-être – de l'écriture.

Table des matières

Collection dirigée par Renée Joyal

BÉLANGER, Pierre-Luc. *24 heures de liberté*, 2013.

BÉLANGER, Pierre-Luc. *Ski, Blanche et avalanche*, 2015.

CANCIANI, Katia. *178 secondes*, 2015.

FORAND, Claude. *Ainsi parle le Saigneur* (polar), 2007.

FORAND, Claude. *On fait quoi avec le cadavre?* (nouvelles), 2009.

FORAND, Claude. *Un moine trop bavard* (polar), 2011.

FORAND, Claude. *Le député décapité* (polar), 2014.

LAFRAMBOISE, Michèle. *Le projet Ithuriel*, 2012.

LAROCQUE, Jean-Claude et Denis SAUVÉ. *Étienne Brûlé. Le fils de Champlain* (Tome 1), 2010.

LAROCQUE, Jean-Claude et Denis SAUVÉ. *Étienne Brûlé. Le fils des Hurons* (Tome 2), 2010.

LAROCQUE, Jean-Claude et Denis SAUVÉ. *Étienne Brûlé. Le fils sacrifié* (Tome 3), 2011.

LAROCQUE, Jean-Claude et Denis SAUVÉ. *John et le Règlement 17*, 2014.

MALLET-PARENT, Jocelyne. *Le silence de la Restigouche*, 2014.

MARCHILDON, Daniel. *La première guerre de Toronto*, 2010.

OLSEN, K.E. *Élise et Beethoven*, 2014.

PÉRIÈS, Didier. *Mystères à Natagamau. Opération Clandestino*, 2013.

RENAUD, Jean-Baptiste. *Les orphelins. Rémi et Luc-John* (Tome 1), 2014.

RENAUD, Jean-Baptiste. *Les orphelins. Rémi à la guerre* (Tome 2), 2015.

ROYER, Louise. *iPod et minijupe au 18ᵉ siècle*, 2011.

ROYER, Louise. *Culotte et redingote au 21ᵉ siècle*, 2012.

ROYER, Louise. *Bastille et dynamite*, 2015.

Imprimé sur papier Enviro
100 % postconsommation
traité sans chlore, accrédité Éco-Logo
et fait à partir de biogaz.

Couverture 30 % de fibres postconsommation
Certifié FSC®. Fabriqué à l'aide d'énergie renouvelable,
sans chlore élémentaire, sans acide.

Couverture : photomontage
©Vladimirs Koskins ©FashionStock.com / Shutterstock.com.
Photographie de l'auteur : Krystle Brown
Maquette et mise en pages : Anne-Marie Berthiaume
Révision : Frèdelin Leroux

Achevé d'imprimer en novembre 2017
sur les presses de Marquis Imprimeur
Montmagny (Québec) Canada